為了N

Nのために

湊佳苗

王蘊潔◎譯

【推薦序】

究極的扭曲之愛

——以謊言、暴力、背叛與犯罪編織的愛欲羅生門

【敦南新生活】部落客／ZEN

所有人心中都曾有過最重要的人。為了那個人，不惜犧牲自己，說出彌天大謊，可以做任何事情，可以殺人。

——《為了N》

人非全能、全知的上帝，只能憑個體有限的眼界、心思，建構出自己對「物自身」的詮釋，並且相信那就是「物自身」。所以康德說，「物自身」（真實）不可知。自以為看見了真實，其實不過是「瞎子摸象」。人在生活中所經歷的大小事件，就像「瞎子摸象」，我們自以為窺見事件的全豹，只不過是碰巧讓我們看見／經歷的那一部分。

湊佳苗是近年來最擅長於讓小說中的主人翁「瞎子摸象」的作家。透過每一個與事件相關的人（每一個出場人物都是自己人生故事的主角，為自己說話，並不只是故事主人翁的配角），根據無可迴避的具體事件（通常是殺人事件），以及每個出場人物

在事件中扮演的角色，與其他人物之間的關係，說出自己所看見的事件／真實（物自身），對事件做出詮釋。

《為了N》以一對住在豪華公寓的夫妻之死，透過四位證人之口，對事件的描述與詮釋，引領讀者進入人性黑暗深淵。

兇手殺人，是無意間窺見了不願面對的真相，一時暴走失控；說謊做偽證，是為了守護自己所愛之人，守護自己對愛的信念。故事中每個出場人物都被各自的童年創傷形塑的扭曲之愛推動著，以「自我合理化」的偏差人生觀思考、行動，超越了世俗的是非善惡，就算因此而必須付出慘痛的代價，也在所不惜。

「大家都只想到各自心目中最重要的人」，每個人都只相信自己所看見的真實，相信自己對事件的詮釋，各自盤算著怎麼做最好，「思考如何用讓最重要的人不受到傷害的方式，使事情落幕」，即便被保護者不知道自己被保護，即使並未掌握事情的全貌，即便真相將永遠被掩蓋也沒有關係。

在寫作技巧方面，《為了N》比作者過去的作品來得更純熟洗鍊，故事情節編織得更綿密而嚴謹，保留了作者原本就擅長的羅生門書寫，深化了故事中各個角色在針對無可迴避之絕對事件進行詮釋時的豐富性，強化了渴望解開殺人事件原貌的懸疑性，製造出一本從頭到尾、全無冷場的精采作品。

全書峰迴路轉、百轉千迴，不讀到最後一頁，無法了解事件的真相（發生經過）。

其實，就算只有一條敘述軸線（好比說四位證人一開始對警方所做的「偽證」），也已經是夠精采的故事。但是，作者卻不滿足，她讓故事中每一個出場人物都有自己對事件的解讀（各自成立，沒有矛盾不合理之處），讓每個出場人物彼此環環相扣，交織成一張複雜的人際網絡，每一個人的作為都影響了另外一個人的作為，幫助者其實是陷害者，原以為是不知情者其實全然知情，原以為知情者其實全然無知（且被騙），各懷善意／鬼胎，彼此幫助卻又彼此背叛，彼此證成卻又彼此推翻，成了莫比斯環。

每一段真相被揭開的同時，也埋入了一段謊言，虛實交錯的同時，也增強了故事的戲劇張力，令人期待後續發展的演變（卻是完全無可預測的），讓人更深入人心的黑暗深淵，強化故事本身所欲探討之主題（以謊言與暴力構成的扭曲之愛的正當性）。

就算直到故事的最後，被殺害者以一句話全盤推翻了兇手原本的想法，翻轉了讀者對整個故事的理解，撕裂了莫比斯環，卻只令人感覺從此又多了一種詮釋事件發生的角度，坐實了多重真實並存的力道，不得不令人讚佩作者的敘述功力之高。

一開始閱讀時，恨不得早點解開殺人兇手與犯案過程之謎，但是到了最後，解謎反而不再是閱讀的重點——了悟人性的幽暗難明，明知身陷錯誤之中卻無法擺脫，以愛之名遂行的各種善行惡行，對人之行為選擇的拉扯、干擾，心存謙卑地接受所發生的一切，令人期盼光明射入故事人物們潮濕黑暗的心靈深淵，從一切的絕望中解脫，免去苦難的折磨，能擁有再平凡不過，微小而確定的幸福。

【推薦序】

為了受傷，為了愛

新銳影評人／陳建嘉

那是一個暖冬的下午，我初在誠品書店時邂逅了湊佳苗的處女作《告白》，看似平淡無奇的文字敘述裡面，卻包藏著極為強大的情感能量，她的故事很殘酷，但就是因為這些殘酷，才讓我們更懂得愛的真諦。

《為了N》應該是湊佳苗的小說中，充滿著最純淨無瑕的「愛」的作品，小說是個微型劇場，在一座公寓裡面每個人都有不同的心思，他們的共同處是過去的回憶都充滿著悲傷，也都有著自己存藏的小小夢想。這樣多支線的故事劇情其實在湊佳苗先前的小說都很常見，沒有人是壞人，只是在錯的時間遇上了對的人。

故事唯一的共同處是每個人名字的羅馬拼音都有「N」這個英文字母，有些人互相相戀，有些人卻互相誤解，但在無意間卻造成無可彌補的誤會。對文學充滿極度狂熱的大學生，看似幸福實則充滿秘密的夫妻，一對貌合神離的社會新鮮人情侶，再加上一個天賦異稟卻甘願放棄未來的打工族，這群人在一天之內所發生的故事，都足足影響了他們的一生。

厲害的是，湊佳苗早在《贖罪》、《告白》之中就把「愛」完全解構，所有的孤獨，所有的傷痕，都是為了愛，而這分扭曲的愛意，也讓每個主角都產生截然不同的生命結局。

這就是湊佳苗的小說始終迷人的原因。《為了N》雖然仍是更寬廣的生命悲劇，但不同以往的是，湊佳苗又在這本精采的小說裡娓娓道來，洋溢著一股溫柔的筆觸，即使傷痕累累，我們也都願意，這一切，不一定是為了N，但絕對是為了愛。

第一章

〈事件〉

一月二十二日晚上七點二十分左右，××署接獲通報，公司職員野口貴弘（四十二歲）和妻子奈央子（二十九歲）陳屍在位於東京都××區××之三的自宅內。警方趕往現場後，向在場的四個人詳細訊問了當時的情況。

N．杉下希美

我是杉下希美（Sugishita Nozomi），今年二十二歲。目前就讀K大學文學院英文系四年級。

地址——是戶籍地嗎？居住地也要嗎？

我的戶籍地址是愛媛縣××郡青景村三十七之五。對，是村莊，其實那裡是島嶼。居住地是東京都××區××二十四「野原莊」一〇二。那是一棟兩層樓的木造破公寓，和野口先生家有著天壤之別。

我在前年夏天認識了野口夫婦。

那年夏天，為了慶祝安藤求職獲得內定❶，我和比我大一歲、當時住在同一棟公寓的安藤一起去沖繩的石垣島，在參加潛水旅行團時認識了他們。我們住的是廉價民宿，他們住的是著名的度假飯店，但兩家旅店剛好與同一家潛水商店合作，所以，我們四個人一起參加了潛水的初級課程。

那是我和安藤第五次潛水，雖然我們的老家不同，但都是從小在海邊長大，所以潛水時並不會有「害怕」的感覺。

船抵達了無人小島，從沙灘出發，第一次潛入水中時，很想抱怨氣瓶為什麼那麼重，但當看到很多五彩繽紛的小熱帶魚，充滿了樂趣，就忘記抱怨的事了。

第二次是要搭船到海上後再潛入水中。那裡是可以欣賞到魔鬼魟的著名景點，當初我們就是想看魔鬼魟，才咬牙參加了這個高團費的行程，但野口先生的太太奈央子潛入水中約十公尺後，突然恐慌起來，即使回到了船上，渾身仍然顫抖不已，結果，我們什麼都沒看到就折返了。

當時，我們真的很失望，很想叫他們還我們一半的團費，但幸好沒有說——那天晚上，野口先生邀請我們在他們住的飯店吃飯。

雖然野口先生說是藉此表達歉意，但聽說其實他之前就打算邀我們。

當時，我和安藤熱中於將棋❷。玩將棋不像女大學生會有的嗜好嗎？那是高中老師教我的。在第一次和第二次潛水之間的休息時間，我們也在沙灘的椰子樹下，一手拿著午餐的飯糰，一手攤開攜帶型的將棋盤玩了起來。

❶尚未正式發表錄用名單，但公司內部已經確定會任用。日本的新鮮人求職通常會經過這一道程序。
❷流行於日本的一種棋戲。源自印度，經中國於奈良時代末期傳至日本。

野口先生也很喜歡將棋，當他遠遠地在一旁觀看時，發現我們行棋的水準相當高，很希望可以跟我們下一盤棋。其實我們只有業餘愛好者的水準，只是隱約記住了在電視上看到的職業棋手對局後，依樣畫葫蘆而已。

那天的晚餐很棒，我有生以來第一次吃到那麼大的龍蝦。

飯後，我們一起在有燈光點綴的戶外露台酒吧喝酒，安藤與野口先生捉對廝殺。很巧的是，安藤內定錄取的那家公司剛好就是野口先生上班的公司，因此，他們先下一盤算是「見面禮」。

我和奈央子一邊看著他們下棋，一邊聊天，主要都是奈央子在說她上課的料理沙龍的事。

我記得她告訴我，一旦野口先生被派往國外，設宴招待當地人的工作就會落到妻子身上。雖然她不太會下廚，但她必須趁還在日本期間努力學習，才不會影響在同期中最迅速出人頭地的野口先生。

他們是一對很棒的夫妻。野口先生在大型綜合貿易公司「M商事」工作，身材魁梧，言談舉止都很爽朗。奈央子是那家公司董事的女兒，個子高高瘦瘦的，皮膚白白嫩嫩，很像模特兒，個性也很善良。我和安藤第一次見到他們，就被他們深深吸引了。

我覺得他們就是所謂「郎才女貌」的最佳代言人。

回到東京後，他們再度邀我們去家裡作客，我們當然不可能拒絕。他們住在赫赫有名的超高樓層豪宅「天空玫瑰花園」，那棟大廈總共五十二層，他們住在四十八樓，而且，這只是他們住在日本期間臨時落腳的地方，有錢人的生活真是令人難以想像……聽說野口先生的老家財力雄厚，但詳細情況並沒有聽他自己提起過。

他們帶我們去過米其林指南上介紹的星級餐廳好幾次，但因為要下棋，所以大部分時間都邀我們去他們家，每個月都會去一、兩次。我通常是和安藤一起去，去年四月安藤開始上班後，我便經常一個人去。

對局的時候，奈央子都會在旁邊哦！我可不想被誤會呢！

其實，安藤跟野口先生下棋的次數應該比我多，因為安藤被分在野口先生那個部門。聽安藤說，在公司午休的時候，野口先生經常邀他下棋。

我曾經和奈央子一起逛過幾次街。我們去看電影、聽音樂，買東西、吃飯，她像對待妹妹一樣疼愛我。

我臉皮真厚，居然自稱是美女的妹妹，況且，我們的外表和成長背景完全不一樣。

奈央子說她沒有一個人住的經驗，想看看我住的地方，我就帶她去了我住的破公寓，但只有那麼一次。她環視沒什麼家具的三坪大房間後，沉默了片刻，接著像突然想起什麼似的說：好像「大草原上的小房子」，感覺好棒。我並不喜歡蒐集一些可愛的小擺設，所以家具之類的也沒有所謂的鄉村風，也許她腦海中浮現出「拓荒」的感覺吧！

幾天後，她送我一個幾乎可以拿來當嫁妝的漂亮梳妝台，感謝我平時經常陪她作伴。

沒想到十一月以後，她突然不再邀我外出了。

我不記得曾經說過什麼讓她不高興的話，最後一次見面時，她還說想去看晚餐秀，也提到下個月有一家很棒的咖啡館新開幕，好像已經安排了計畫。所以我有點擔心，發了簡訊給她。

好久不見，最近好嗎？

但是，她沒有回我的簡訊，電話也打不通。無奈之下，我只能在假日打了野口先生的手機。野口先生他們住豪宅，卻沒有家用電話，而且我也不知道野口先生的E-mail信箱。

當我在電話中說我打不通奈央子的手機時，野口先生很快就把電話交給了奈央子。

奈央子在電話中說，對不起，最近身體不太好。我聽了之後，心想我果然沒有猜錯，但聽到她說因為不外出，手機派不上用場就解約了時，感到十分驚訝。雖然她說沒什麼大礙，但我很擔心她得了什麼重病。

於是，我邀了進公司上班後就漸漸變得疏遠的安藤，找他一起去野口先生家探望奈央子。那是十二月的第二個星期六，我們中午過後就去了他們家。

奈央子在電話中的聲音聽起來很柔弱無力，實際見面時，發現之前便很白皙的她，皮膚更加蒼白、透明，很擔心她會這樣就消失了，看了讓人於心不忍。

不過，他們夫妻很熱情地歡迎我們。

野口先生在家裡有一間他專用的書房，由於他對爵士樂也很有興趣，所以那個房間的隔音做得特別好，我們平時都去那裡下將棋。但那天，野口先生把將棋的棋盤拿到了客廳，當安藤和野口先生下棋的時候，我就和奈央子一邊聊天，一邊泡茶。

奈央子看起來不像外表那麼虛弱，一開始我鬆了一口氣，但聊了一陣子後，發現她會突然沉默不語，然後默默地流淚，手指也會發抖，情緒似乎很不穩定。野口先生平常下棋時全神貫注，即使電話響了也不接，那天卻始終很在意奈央子的情況。

當奈央子突然放聲痛哭時，野口先生也立刻起身，抱著她說：「沒事了，沒事了。」把她帶去了裡面的房間。

我們原本是來探望奈央子的，說不定反而造成了他們的困擾，於是我和安藤向野口先生道歉後離開了。野口先生送我們到門口，這時，我和安藤兩人同時發現了一件事，我們不知道該怎麼形容那種異樣的感覺，只能默默地看著它——

門上裝了一條門鏈。其他兩道鎖都是最新式的門鎖，甚至看不出鎖頭在哪裡，很符合這棟保全森嚴的豪宅，但下面裝了一條量販店賣的、和我住的公寓門上差不多的廉價門鏈，所以讓我們有一種異樣的感覺。但並非只有如此而已。

門鏈裝在門的外側。

比方說……野口先生家只能從那道門出入，假設強盜上門，他們便設法先逃出來，然後只要從外側用門鏈鎖住，把強盜關在裡面，就可以趕快報警。但我從來都沒聽過這種防盜方式。

我們假裝沒看到吧！我和安藤這麼交換眼神時，野口先生說：「你們可不可以再陪我一下？」邀我們去大廈頂樓的酒吧。這裡不是飯店，頂樓卻設有酒吧，而且大廳還設有櫃檯，有錢人的生活果然和我們不一樣。

野口先生關上門後，隨手鎖上了門鏈。

這是怎麼回事……？當時的情景令我感到不寒而慄，覺得自己好像被關在屋裡。我突然感到呼吸困難，情不自禁地抓住了安藤的手臂。安藤也皺著眉頭看著門鏈，但野口先生已經走向電梯，背對著我們，所以不知道他臉上的表情。

到酒吧時，他恢復了平時的樣子，不，他似乎有點疲憊。

之前奈央子也一起來的時候，我們坐在可以欣賞夜景的座位喝酒。但那天還是大白天，才下午三點多，我們在裡面的座位喝咖啡，聽野口先生聊最近的情況。

他告訴我們，奈央子上個月流產了。她才懷孕兩個月，還沒有察覺自己懷孕時，在雨天外出不慎跌倒了。

雖然她的身體已經恢復，但精神狀態依舊不穩定，野口先生出門上班時，她光著腳出門，打算衝到車道上。大廳櫃檯的人救了她並立刻報警，警察通知了野口先生。

所以，或許看在別人眼中會覺得很異常，他也不願意做出像在軟禁奈央子的事，但為了保護奈央子，他出門的時候都會從外側把門鎖上。

他還說，這是夫妻兩人必須同心協力克服的難關，所以沒有告訴別人，但奈央子的情況日益惡化，老實說，他為這件事感到一籌莫展。他曾經想過把奈央子送回娘家，但她和她大嫂不合。今天她看起來很高興，心情也比較平靜。他說或許我們會覺得很悶，但希望我們以後還是能偶爾去他家坐一坐，陪奈央子聊天。

說著，他再次低頭拜託我們。當時，我很後悔不應該盯著門鏈看，然後開始思考自己能為他們做什麼，雖然我能想到的都很簡單，無非是買一些什麼好吃的東西帶給她，或是送她聽了可以保持心情平靜的ＣＤ。

只要我們能幫上忙，隨時可以找我們。

我們對野口先生這麼說，然後就離開了他們家，但只有我對野口先生的話照單全收，深信不疑。

奈央子居然流產了，好可憐，不過有野口先生陪她，應該沒問題。感覺上，野口先生好像隨時都會保護她，每次看到野口先生，都可以感受到他深愛著奈央子。雖然奈央子很可憐，但也很讓人羨慕。

安藤在我家吃晚餐時，我這麼對他說。

他應該很愛奈央子吧！

向來直言不諱的安藤難得吞吞吐吐，似乎話中有話。他猶豫著該不該告訴我實情，在我逼問之下，他才勉強答應說出來，但他事先聲明，那只是在公司聽到的傳聞。

聽說奈央子有外遇。

奈央子在婚前是野口先生他們公司的櫃檯小姐，所以傳聞一下子就傳遍了整家公司。

有人見到她和看起來比她小的男人牽手走在街上。那個男的很英俊，奈央子也是美女，所以，即使他們覺得已經夠低調了，但只要他們出現的地方，就好像是偶像劇的一幕。聽說還有人看到他們進了旅館。

雖然傳聞就這樣而已，安藤卻說，奈央子遭到軟禁可能和流產無關，而是野口先生聽到了那些傳聞。如果傳聞和流產都屬實，不知道奈央子懷的到底是誰的孩子。她真的是跌倒而流產的嗎？杉下，雖然妳很尊敬野口先生，但他沒有妳想像的那麼優秀。

那一刻，我腦海中掠過野口先生把奈央子推倒，猛踹她肚子的畫面。

奈央子沒問題吧？

這時，我們同時想起了和我公寓的破門上那條相同的門鏈。

雖然當時我很擔心，但剛好那一陣子忙著打工，所以無暇思考奈央子的事。我在清潔公司打工，那時候剛好是年底大掃除的時期。

而且，自從那天之後，野口先生並沒有再找我們去他家。安藤的工作也很忙，我們幾乎沒有聯絡，直到過年我回老家時，才又想起奈央子。

因為我去參加了高中同學會。

在東京讀大學的成瀨正在和旁邊的同學聊他打工的事。我們那一屆只有我和成瀨兩個人離開小島，去東京上大學，大部分的人即使離開了小島，通常也都是到關西求學。在那天重逢之前，我和成瀨完全沒有聯絡，也不知道他的手機號碼。因為我剛好坐在他附近，便不經意地聽著他和其他人聊天……

聽到他打工的那家餐廳名字，我頓時驚訝不已。「夏堤耶．廣田」──奈央子曾經告訴我，她嫁給野口先生之前，野口先生曾經帶她去過這家法國餐廳好幾次。我和奈央子一起看雜誌時，曾經看到「特別的日子，特別的餐廳」特集中，介紹這家餐廳，她便告訴了我這件事，不，應該說是向我炫耀。她還說：希美，妳也叫妳男朋友帶妳去啊！我記得當時我聽了很火大。

我向成瀨打聽了很多關於餐廳和他打工的事。打工的人可以吃到那裡的餐點嗎？那裡有供餐嗎？聽說一個人至少要三萬圓，那裡的料理真的有那個價值嗎？差不多就是類似的問題，只是女大學生的好奇心罷了。如果他說，雖然價格貴得嚇人，但其實菜色很普通的話，到時候我就可以假裝自己去過，拿這件事在學校的同學面前炫耀。

這是鄉下人的無聊劣根性。

成瀨對料理讚不絕口。他說，他之前向來覺得吃一頓飯要花幾萬圓很莫名其妙，但那家餐廳絕對物超所值。聽他這麼講，我想起他家之前開了一家高級日本料理店，可惜在幾年前歇業了。那家日本料理店歷史悠久，在最風光的時候，島上有任何喜慶活動都會在那裡慶祝。成瀨是那家餐廳的小開，應該也算是老饕，可見那家法國餐廳真的很棒。

我也暗自打算以後不要去清潔公司打工了，應該找一家有名的餐廳，所以也問了他工作的內容。

我也是在那時候得知「夏堤耶．廣田」每天會提供一件外送到府服務。成瀨說，他主要負責外送工作。他還說，之前有一位先生為不良於行的妻子訂了外送到府服務，太太欣喜若狂。聽到他告訴我這件事，我突然想到了一個主意。

如果為奈央子請外送到府服務，不知道她心情會不會好一點。

我也很在意傳聞的事，再加上我認為比起奈央子和野口先生單獨用餐，我和安藤最好也一起在場。如果能夠像在石垣島相識那天一樣，大家開開心心地吃飯，奈央子或許可以振作起來。

新年剛過，我在一月八日星期六打了野口先生的手機，祝賀他新年快樂，然後和他討論了這件事。野口先生說：「我不知道還有外送到府服務，那一定要請他們來。」接著他把電話交給了奈央子。不知道奈央子的情況是否好轉了，她的聲音聽起來比之前開朗，還對我說：「謝謝妳，真令人期待。」

野口先生似乎要點一些他喜歡的菜，便由他負責向餐廳預約，他再通知我日期。他還說，他會在公司告訴安藤，要求我別向安藤提這件事。

一切都是為了將棋。

野口先生上次和安藤下的那盤棋，被安藤逼到沒有退路，他把棋局保留了下來，要和我商量對策，所以會要求安藤晚一點到。野口先生經常這麼做，所以我對他有點不以為然，覺得他怎麼連這種時候都還惦記著棋局。

我不是幫安藤，而是成為野口先生的智囊，這樣很奇怪嗎？

我不應該一開始就說安藤是我朋友，其實，他算是我的對手，所以在玩將棋時，即使中間有野口先生介入，只要是和安藤對戰，我就不想輸給他。安藤上班後，我很少有機會與他直接接捉對廝殺，所以很期待野口先生向我討教。

但安藤並不知道我幫野口先生出主意。

幾天後，我接到野口先生的電話，通知我外送七點會到，叫我五點半去他家，他約安藤七點之前到他家。

沒想到會在那裡發生那樣的事。

難道一切都怪我多管閒事，想出了那個餿主意嗎？

一月二十二日星期六。我比約定時間提早五分鐘，在五點二十五分到了野口家。櫃檯的人幫我通報後，我搭電梯上樓，按了大門旁的門鈴。奈央子為我開了門，野口先生也站在她旁邊。門的外側仍然裝了門鏈，但看到奈央子神情開朗，我鬆了一口氣。

能夠在家裡享受「夏堤耶．廣田」的餐點，實在太棒了。希美，謝謝妳。老公——奈央子邊說，邊挽著野口先生的手，露出了燦爛的笑容，讓我覺得我這個電燈泡應該趕快回家。但是難得有機會吃大餐，所以我還是硬著頭皮進了屋。

啊，聽到「外送到府服務」，你該不會以為是外送披薩或壽司店的外送吧？雖然我說得好像很內行，其實也只是從成瀨那裡聽來的。餐廳會把套餐料理放在保溫容器中，送到客人家裡，再由餐廳的人在廚房將每道料理裝盤後，端到客人面前。餐廳的人會帶盤子上門，也會一手包辦飯後的清理工作。

客人只要負責佈置餐桌就好。

奈央子正在做準備工作，在大餐桌上放著摺好的大桌巾、餐巾，還有銀燭台和細長的蠟燭，讓我覺得有錢人的生活真是不一樣。雖然我算是野口家邀請的客人，但當初是我提出來的，而且我希望奈央子好好享受這家餐廳的餐點，讓她振作起來，不好意思讓她張羅，於是我對奈央子說：「我來準備吧！請妳告訴我怎麼放，妳坐下來休息一下。」

不過奈央子表示，難得有機會在大家面前表現一下她在料理沙龍上課的成績，婉拒了我的好意。桌腳旁放著與燭台相同的銀花瓶，她說她已經訂了花，但花店還沒有送來。野口先生也說：這些事就交給奈央子處理吧！因為我們要在安藤抵達之前，思考將棋的作戰方案。

於是，我跟著野口先生進了書房。

書房中央的桌子上放著將棋盤，上面放著棋子。雖然棄子的位置不同，但進攻棋子的配置和上次我們離開野口家之後，安藤在我家下棋時的棋譜一模一樣。事隔一個月，那次我難得敗在安藤手上，所以清楚記得當時的棋譜。

之後我完全沒有再思考應戰對策。原本覺得已經回天乏術了，但看到野口先生充滿期待的表情，我不知道該怎麼向他開口，於是就問了一些平時很在意的問題拖延時間。

為什麼野口先生和安藤這個公司的部屬下棋時，總是非贏不可？我無法理解野口先生的這分執著。他和我下棋時，總是輸得很乾脆，還笑著說：「我果然應該找妳當我的智囊。」

偶爾讓安藤贏幾次有什麼關係嘛！

我這麼對野口先生說。他的回答很簡單。

我不能輸給下屬，不然要是讓下屬覺得工作能力也比上司優秀，那就麻煩了。

說白了，其實野口先生就是在虛張聲勢。既然如此，不是應該自己努力，憑實力贏下屬嗎？我之所以贏得了安藤，是因為當初我是教他下將棋的老師，可以在某種程度上預測他的棋路。安藤並不知道我在指導野口先生，也許和野口先生下棋後敗下陣時，感到自嘆不如，所以我為安藤抱屈。安藤在剛進公司那一陣子，經常喜孜孜地說，野口先生太厲害了。

今天就輸一次吧！我想要使壞。雖然不是完全想不到進攻的方法，但我對野口先生說，已經被逼入絕境了，可能很難反敗為勝。我想讓野口先生難堪。

早知道我就不要這麼做了。

因為如果不這麼做的話，我就可以更早想出進攻方法，早一點去客廳。

把飛車走到這裡怎麼樣？我提出這種根本不中用的建議，試著走棋時，野口先生的手機響了。那時候應該是六點十五分。我心想一定是餐廳的外送到了，沒想到已經這麼晚了，於是就拿出手機確認了時間。

電話是安藤打來的。我聽見他在電話中說，他剛去了公司，比原先預定的時間提早到了。野口先生不耐煩地問他，為什麼這麼早來?!看到他的這種態度，我心想，難得吃法國大餐，如果繼續吊他的胃口，會破壞用餐氣氛，於是故意誇張地拍了一下手說：「我想到了！」然後開始走棋。

野口先生看到之後，向我點點頭，對電話中的安藤說，要和他談一下工作的事，請他直接去頂樓的酒吧。十分鐘後，我告訴野口先生，馬上就好了。野口先生說他要去酒吧纏住安藤，等我想好對策後寫在紙上，然後就走出了書房。

他打開書房門時，門口傳來了奈央子和男人說話的聲音。因為奈央子之前說她訂了花，所以我並沒有太在意。

過了大約十五到二十分鐘，具體時間我記得不是很清楚，我終於想出了反敗為勝的方法。野口先生要我寫下來，我卻找不到紙筆，又不想擅自打開書桌抽屜翻找，便走出書房，想向奈央子拿紙筆。

結果……我聽到客廳傳來男人的聲音，叫著：「奈央子！」那不是野口先生的聲音，接著，又傳來呻吟聲。到底發生什麼事了？我慌忙走出去一看，發現一個男人背對著我，站在客廳裡。

我不知道發生了什麼事，也說不出話，當場愣在原地。這時，那個男人轉過頭來，我嚇得發抖，但一看到男人的臉，我差一點叫出來。

那個人是西崎真人，是住在我隔壁的鄰居。

在我搬進「野原莊」時，西崎就住在我隔壁的一號室。剛搬家的那天，我曾經上門拜訪，請他「以後多多關照」，但之後並沒有來往。那棟公寓的鄰居之間很少有互動。

直到三年前初秋的二十一號颱風之後，我們幾個鄰居才開始來往，有時候會一起吃火鍋，或是分享鄉下寄來的蔬菜和水果。「野原莊」是一棟已經有七十年歷史的老房子，從某種意義上來說，我認為應該列為古蹟加以保護。不過，房子雖然老舊，卻完全沒有漏水或是風從縫隙中灌進來之類的問題，所以住在那裡還不錯。沒想到，那場颱風造成了淹水。

我的房間在一樓，水淹到榻榻米上五公分。事後聽保險公司的調查員說，馬路上淹到了七十五公分。電視上曾大肆報導過，所以我想大家應該都知道這件事。那個颱風晚上七點多在關東登陸，誰都沒想到災情會這麼嚴重。當開始淹水，我覺得事情不妙時，四周一片漆黑，即使想逃，走在泥水及膝的路上，也不曉得該往哪裡逃。

我想，還是應該往高處走。當我走出房間，來到通往二樓的樓梯時，發現住在隔壁的西崎也走出房間，上了樓梯。我們一起淋著飄進屋簷的雨水，聊著「真傷腦筋」、「不知道水會不會淹得更高」和「不曉得這附近的避難所在哪裡」時，二樓一號室的房客走出來問我們，要不要去他家坐。

那個人就是安藤。

我和西崎接受了他的好意，為了聊表心意，我們回到榻榻米開始泡水的房間，我從冰箱裡拿了幾盒事先做好的家常菜，西崎拿了啤酒、氣泡酒和裝在紙盒裡的葡萄酒，去了安藤家。

安藤叫我們不必客氣，烤了他老家寄來的魚乾，我們一起喝酒。外面風雨交加，不知道是否因此帶來了奇妙的興奮，我們相談甚歡。

自我介紹的同時，我們也聊了各自就讀的學校、打工和興趣愛好，一開始都是我和安藤在說話，我們在比賽誰的老家更鄉下。西崎默然不語，面帶笑容，好奇地聽我們聊天。

深夜之後，他才開始變得健談，我想應該是有了幾分醉意的關係，再加上為了關心颱風動態而一直看著的電視開始演經典老片。那天演的是「細雪」，安藤正打算轉台，西崎驚訝地問：「你不看這部電影嗎？」

在所有文學作品中，西崎最喜歡谷崎潤一郎的作品，他問我們在谷崎的作品中，最喜歡哪一部。我和安藤在高中的國文課上聽過這位作家的名字，也知道他的幾部代表作，但從來沒有看完一整本書。

並不是因為我們不喜歡看書，我喜歡推理小說，安藤愛看歷史小說，尤其喜歡戰國時代的故事。於是，我問安藤喜歡將棋嗎？他說他很有興趣，但從來沒有下過，所以我就決定教他。

對了，剛才聊到西崎。後來，我們就一起看「細雪」，沒想到比想像中好看，我們都看得津津有味。西崎建議我們一定要看原著，和我們分享閱讀文學作品的樂趣，然後他興奮地告訴我們，其實他也立志當作家。我記得他是這麼說的：

人類的存在意義，在於從無的狀態創造出某些東西，但我的周圍卻充斥了各種東西。周圍的人認為我很幸運，然而，這不正是一種不幸嗎？從來不曾渴望靠自己的力量創造出某些東西的人，難道寫得出文學作品嗎？就像不了解夏日的酷暑、沒有感受過冬日嚴寒的人，怎麼可能描寫出四季？如果不曾體會過無法滿足發自內心所渴望的那分焦慮，又怎麼能夠表達嫉妒和憎恨之情？所以，我要讓自己處於無的狀態，追求自己真正想要的東西。

我想他的意思是，他這個有錢人為了創作文學，故意過著貧窮的生活。

我暗自心想，這番話教原本只住得起這種地方的人情何以堪？但我不認為西崎有絲毫看不起我們的意思，雖然有些人從小在經濟比較富裕的環境中成長，卻故意要突顯眼前的貧窮，但西崎身上完全沒有這種惹人討厭的感覺。

我無法理解西崎不顧自己的生活，必須這麼全心投入文學的理由。他大學延畢兩年，但他讀的不是文學院，而是法學院，所以文學和他畢業完全沒有關係。

那天，我沒有問太深入的問題，之後，我們曾經一起吃過幾次飯，但西崎不想吃熟食，從頭到尾都在啃蔬菜棒。那時我曾經問過他，他家是做什麼的，以及為什麼不找工作，執意想當作家。他拿出了他的作品給我看，說他的答案全在裡面，如果無法從作品中讀到答案，那說了也是白費口舌。

來探究西崎之謎吧！我帶著看推理小說的心情讀了他的小說，卻發現不知所云。故事的大致情節是——為了讓飼養的小鳥憑自己的意志變成烤小鳥，故意好幾天不餵食牠，然後，把飼料放進加熱的烤箱中，吸引小鳥走進烤箱裡。我覺得那不是文學，更像是驚悚小說，不，是黑色幽默。安藤也說他看不懂西崎在寫什麼。

我認為並不是我們的閱讀能力有問題，因為西崎把包括那個故事在內的幾篇小說，投稿到可以獲得芥川獎提名資格的著名文學獎，但每次都在第一階段評審中就被刷了下來。西崎說：「那些評審都是一些周圍充斥著自己不需要的東西，而且還覺得這一切理所當然的傢伙。」但以他的這套邏輯，我和安藤應該可以理解他的作品……我不知道到底是正常人難以理解西崎的想法，還是他的想法根本就無足輕重，但反正我也不是非明白不可。

雖然我經常覺得西崎長得太帥了，但我從來不曾喜歡過他，或是有想得到他的愛之類的想法。所以，雖說我們是朋友，但彼此了解其實並不深，說我們只是鄰居這種說法最貼切。

西崎為什麼會出現在野口先生家？

為什麼野口先生和奈央子都倒在地上？野口先生趴在地上，頭上血流如柱。奈央子仰躺在地，腰間流著血。為什麼西崎手上拿著沾滿血跡的燭台？

西崎呆然地看著我，卻沒有驚訝的表情，他似乎知道我在野口先生家。

我和西崎一動也不動，沒有說一句話，只是互相對望著。

這時，客廳入口旁牆上的對講機響了。由於是電話鈴聲，所以並不是訪客已經到了門口，而是櫃檯的通報。

誰來了？不管是誰，都希望趕快有人來，但又覺得此刻有人出現會很麻煩。我當時的心情很複雜。

N・成瀨慎司

我叫成瀨慎司（Naruse Shinji），今年二十二歲，是T大學經濟學院國際經濟系四年級學生。

目前住在東京都××市××四丁目七番地之二十五，「立花公寓」五號室。戶籍地是愛媛縣××郡青景村五十八番地之三。這些內容不會見報吧？因為我老家是一座小島，一定會引起軒然大波。

我來東京的第一個夏天，就開始在法國餐廳「夏堤耶・廣田」打工，通常每週會排四、五天班。剛開始的時候，時薪是九百圓，但後來我學會了很多工作，現在的時薪有一千五百圓。原本我是跑外場的，去年開始以外送到府服務為主。餐廳老闆廣田先生人很好，其他工作夥伴和打工的同事也都很好，餐廳還供膳食，所以，我對那裡的工作沒有任何不滿。

我完全不認識野口夫婦。

他們之前好像來過店裡幾次，我可能見過他們，但我不記得了。這是我第一次去他家提供外送服務。因為每天只提供一戶外送到府的服務，老主顧的預約就已經排滿了，所以幾乎沒有對外開放。接到野口先生預約時，因為是我不認識的客人，我還覺得很罕見，後來我看了預約單，發現那裡是有名的豪宅，我想可能是哪位老主顧介紹的朋友。

所以，我在野口先生家看到杉下時嚇了一大跳。

當初是我告訴她，我們餐廳有外送到府服務，應該說，是我向她介紹了我工作的餐廳。但其實我們並沒有很熟，高三的時候，我和她同班，因為坐得很近，所以曾經聊過幾句，但只是這樣的關係而已。雖然我知道她也來東京念書，但我們從來沒有聯絡過。

我們是在去年年底的高中同學會上重逢的。

當我和留在本地的老同學聊都市的情況時，經常既感到驕傲，又帶著一絲愧疚。尤其在那些已經工作的老同學面前，會覺得自己還是學生很抬不起頭。我想，不光是我有這種想法，這可能是鄉下人的劣根性。當他們問到我的近況時，我一直聊打工的事。

那次開同學會，按照高三那一年的分班隨便坐，杉下剛好也坐在附近，說她聽過那家餐廳，還說雜誌上也有刊登。當我回過神時，發現只剩下我們兩個人在聊天。

因為對留在本地的老同學來說，東京某家餐廳的話題太無聊了。

我很想去吃吃看，但聽說一個人至少要三萬圓。真的好吃嗎？好吃哦，真好，在那家餐廳打工也可以吃他們的餐點嗎？供應膳食嗎？對了，成瀨，你家以前不是開日本料理店嗎？你在那裡也有下廚嗎？

我記得當時她問了這些問題，我就和她聊了打工的事。我沒有下廚，幾乎都在端盤子。

我老家之前開了一家高級日本料理店，在四年前倒了。雖然稱不上歷史悠久，但從明治時代就開始經營，最顛峰的時候，島上所有的婚喪喜慶都來我們店裡宴客。記得從我懂事的時候開始，生意就已經一落千丈，只有週末的時候經常舉辦宴會。由於我從小耳濡目染，也經常在家裡幫忙，所以進入這家餐廳打工後不久就得心應手了。

雖然我知道自己太多嘴，但我曾經對餐廳的菜餚裝盤提過意見。

不知道是否因此獲得老闆另眼相看，當老闆打算在餐廳業務中，增加原本只有他私人朋友可以享受的外送到府服務時，便要求我將工作重心轉移到外送服務上。外送到府服務時，並不是只將餐點送到客人家中而已，還必須為客人裝盤、提供上菜服務，也要為客人挑選葡萄酒，所以，並不是阿貓阿狗都可以勝任的工作。當然，老闆事先指導了我葡萄酒的相關知識。高中畢業後，我就考到了駕照，所以在餐廳開始提供外送到府服務後，我基本上只負責這個業務。

剛開始外送時，有時候找不到停車場，有時候必須把推車從樓梯搬上樓，又要在搞不清楚狀況的客人家的廚房裡做準備工作，精神很緊繃，經常累得筋疲力盡。但在逐漸適應，加上與客人熟識之後，客人就會給我小費，或是分一些年中、年末收到的火腿或其他禮品給我，所以我很喜歡這個工作。

我之前就知道那家餐廳很受女性客人的歡迎，由於杉下一個勁地打聽，所以，我就把我去外送服務時的事告訴了她，還從放在皮包裡的幾張名片中拿了一張遞給她說：「如果妳有興趣，這張名片給妳。」

杉下把名片收進了皮夾，但她說：「像我住的這種破房子，怎麼可能叫外送？」我不知道她住的是怎樣的房子，不過，聽她說她好久沒有喝到真正的啤酒時，我就在想，她應該不可能叫外送服務吧！

那天是野口先生打電話來預約的。

是我接的電話，他太太似乎很喜歡之前來店裡用餐時的主菜，所以，他希望在套餐中加入那道主菜，由於我不太清楚，便把電話交給了老闆。

他訂了四人份。如果訂量更多時，會由兩個人上門服務，但四人份的話，一個人就夠了。老闆說，因為是老主顧的家，即使一個人去也不會捲入什麼麻煩。我也這麼認為。

沒想到……

野口先生預約的一月二十二日，由我負責外送到府服務。

那一天，我在預約時間的十分鐘前，也就是六點五十分請大廈櫃檯的人幫我通報。櫃檯人員用對講機的電話聯絡，等了一段時間，仍然沒有人接電話。我很納悶，因為他們指定了時間，卻沒有人在家，實在太奇怪了。櫃檯的人掛上電話，說稍微等一下再幫我通報。但我擔心菜會冷掉，拿了預約單給櫃檯的人看，說他們預約的時間到了。於是，櫃檯人員再度幫我打電話，這次鈴聲響了很久，終於有人接了電話。

電話鈴聲每響一次，我就焦急地把身體探進櫃檯，所以可以清楚聽到電話另一端的聲音。電話中傳來一個男人的聲音問：「誰啊？」櫃檯的人回答：「『夏堤耶・廣田』外送服務的人到了。」等了片刻，對方居然說：「取消。」

我並不是第一次遇到客人取消的情況。之前曾經遇過客人當天身體不舒服，或是臨時有事，還曾經有人因為失戀而取消，卻從來沒有遇到過這種不由分說的取消方式。外送到府服務規定，當天取消必須由客人負責全額，所以，我之前曾經有好幾次把菜餚留下後就離開了。我要問客人是不是需要把菜餚留下，而且也要請他們付錢。我心裡想，真不喜歡外送到以前沒送過的地方，但還是請櫃檯的人再幫我打了一次電話。

這一次，對方很快就接了電話。

而且，對方要求櫃檯人員叫我聽電話。櫃檯的人轉告我後，把話筒遞到我面前。我搞不清楚狀況，伸手接了過來。

成瀨，是你吧？救救我！

電話中，一個女人的聲音突然叫著我的名字，我嚇了一跳。雖然我不知道對方是誰，但既然她叫我的名字，我就不假思索地衝了出去，推車仍然留在大廳。我搭電梯來到野口先生家門口，按了門鈴也沒有反應，我伸手拉門，發現門沒有鎖——

門鏈嗎？聽你這麼提起，好像有看到門鏈，但當時我並沒有在意。門鏈有什麼問題嗎？只是確認一下？我不是說了嗎？門沒有鎖。

我打開門，叫了一聲：「我是『夏堤耶．廣田』派來的。」有一個人從靠大門的房間走了出來……

是杉下。

她臉色蒼白，搖搖晃晃地走了過來，呢喃了一句：「報警。」我應該馬上報警的，但看到杉下突然走出來，我嚇了一跳，完全搞不清楚狀況，便問她發生了什麼事。

我作夢都沒有想到野口夫妻陳屍在屋裡，而且，兇手也在那裡。

N．西崎真人

我叫西崎真人（Nishizaki Masato），二十四歲。職業是作家，但還沒有出道。自稱的作家不算作家？真不給面子，那我是M大學法學院法律系的四年級學生，已經延畢兩年了。

住址是東京都××區××二十四「野原莊」一一。戶籍地是……我想，這和本案無關，還是需要嗎？真麻煩。戶籍地是神奈川縣××市××二七四五之三。但我想你可能也猜到了，即使你去向住在那個家裡的人打聽我的情況，他們應該也會告訴你「不認識這個人」。

要從哪裡開始說起？奈央子的事嗎？

她是我的女神——其實根本不是這麼一回事。

我在半年前認識了奈央子。那是夏日雨天的傍晚，我從書店回家時，看到一個陌生的女人抱著膝蓋坐在隔壁杉下家門口，她就是奈央子。

當我們視線交會時，我向她點了點頭，接著便走進自己的房間裡。進屋後不久，我去拉窗簾時，順便往窗外一看，發現她仍然在那裡，於是我擔心地走出門。

她可能以為我覺得她可疑，主動告訴我說，她來找希美，不曉得希美平時幾點回來？

希美？哦，原來是杉下。

雖然我們有來往，但不至於熟到知道杉下行程的地步。我記得她在清潔公司打工，之前曾經聽她說，如果上夜班，通常要到天亮才回來。於是我就回答，假如她剛好上夜班，不曉得天黑之前能不能回來。

奈央子問我能不能聯絡到她，我不知道杉下的手機號碼。奈央子因為出門時太急了，忘了帶手機，所以無法聯絡到杉下。

但奈央子說，她要繼續等杉下……天色已經暗了，雨也越下越大，雨都飄進了屋簷下。而且，她來這裡的時候就沒有帶傘，渾身已經濕透了，看起來冷得發抖，我無法就這樣丟下她不管，於是問她要不要進屋坐一下？當時，我對她完全沒有非分之想。

奈央子聽我這麼問，有點警戒。我對她說我會把房門敞開，她才說，那就麻煩你了，然後進了我家。我遞給她浴巾，幫她泡了一杯熱咖啡，她的情緒才漸漸平靜下來。

她問我和希美熟不熟。我想，一定是她在陌生人家裡感到很不安，為了讓她放鬆精神，我開始和她聊杉下的事。

我告訴她，之前因為颱風的關係，我和杉下，還有住在樓上、去年才搬走的安藤變成了朋友，偶爾會一起喝酒。

原來你也認識安藤。奈央子也認識他。她似乎終於放鬆了警戒，開始打量著狹小的房間，找到了幾樣杉下的東西，或者說是不適合出現在我房間裡的東西，像是海豚圖案的馬克杯、草莓圖案的筷子，都是吃飯時用的餐具。

你們是男女朋友嗎？

當時，奈央子這麼問我，雖然你可能也這麼認為。聽到奈央子這麼問，我知道她和杉下並沒有很熟，因為杉下深深愛著一個人，她的世界應該容不下其他人，那個人和我屬於很相似的類型。

只不過，那是瘋狂的單戀。有時我甚至擔心杉下會被這分單戀的感情吞噬，我希望能夠為她做點什麼，所以把我的作品拿給她看。

出乎意料的是，她說她完全看不懂。越是遠離文學的人，他們的人生往往很文學，這個世界真諷刺。

不過，我也不了解她熱愛的將棋，只能說我們志趣不相投，但彼此不會刻意討好對方。我們在這一點上產生了共鳴，所以對這種關係感到很自在。

我沒有回答奈央子我們是不是男女朋友這個問題，反問她和杉下是什麼關係。她面帶微笑地嘀咕了一句：「到底是什麼關係呢？」然後對我說——

我知道希美想要追求什麼，我也知道她追求的東西很無趣，但是，我羨慕希美，羨慕她有想要追求的東西。話說回來，我並不希望自己變成希美——我們就是這種關係。

英雄所見略同。

我也很羨慕杉下和安藤。

雖然我和奈央子初次見面，但我認為也許她能夠理解我的作品，於是，拿了我最有自信的作品給她看。她一邊看，一邊流淚。

你是從牢籠中逃到這裡的，我也一樣。

奈央子說，她逃離了試圖用暴力束縛她的丈夫。她一挽起襯衫的袖子，我就知道她沒有說謊。白皙透明的肌膚表面那一道道紫紅色的燙痕，宛如壓抑在內心、努力尋求出口的悲鳴，我無法不去傾聽那每一聲吶喊。

要我說得更通俗易懂？你想要我明確回答有沒有和奈央子上床？這未免太俗氣了，正因為大家都用這種俗氣的字眼形容崇高的行為，所以越來越沒有人了解文學了。

上床了。我．和．她．上．床．了——怎麼樣？滿意了嗎？

末班車的時間快到了，杉下仍然沒有回來。我對奈央子說，如果不嫌棄，她可以睡在我家，但她說：「我要回家。」我挽留她，希望她至少等到杉下回來。她回答說：「因為認識了你，所以不用等她了。」

她還叮嚀我，不要讓希美知道我們認識的事。

我很納悶，她明明是來找杉下的，這到底是怎麼回事？但聽奈央子說：「希美想討好我老公，希望我老公幫她介紹工作，可能會背叛我。」我就釋懷了。

杉下經常說她絕對不要回老家。當時，她正緊鑼密鼓地在找工作，所以我想她在緊要關頭可能會用這種手段。啊，這些話不要告訴杉下。

杉下的工作？我聽說好像進了一家大公司，但那和這件事沒有關係吧！

我和奈央子見面時，都盡量遠離我住的地方。

但是，我們每個月最多只能見兩次面，見面的次數應該用兩隻手數得出來。十一月之後，她的手機突然不通了，我想可能被她愛動粗的老公發現了。

她之前沒有做錯什麼事，就常被她老公拳打腳踢，如果她老公知道她在外面有男人，不知道會怎麼對待她？每次想到這個問題，我就整夜輾轉難眠。我曾經想和杉下商量，但又懷疑是她出賣了我們，所以就作罷了。

然而，除此以外，我又想不出什麼好主意，每天晚上都從奈央子被像惡魔般的老公拳腳交加的噩夢中驚醒。

新年剛過，差不多十號左右，我接到了她的電話，她在公用電話打的。她說，她遭到軟禁了，她的手機被她老公解約了，門外還裝了門鏈。現在和她老公外出吃飯，找到這個機會打電話給我。

你要幫我——她在電話中說。我眼前浮現出那些燙傷的疤痕。我該怎麼做？

她說，下週末，希美他們要去她家吃飯，她老公會和他們在書房下將棋，叫我那時候把她帶走。她說她臨時想到可以假裝這通電話是打給「真紀子花坊」，請他們在傍晚六點送紅玫瑰來，所以叫我上門時假裝是花店的人。

案發當天，我在奈央子指定的花店買了紅玫瑰。為了避免萬一是她老公出來開門，我還事先確認了那家花店的制服：白襯衫、黑長褲，外面再加一件黑色圍裙，所以沒有花太大的工夫就搞定了。

我六點半之前到了他們住的大廈。我沒想到有那麼多人買花，心情變得很浮躁，而且一想到奈央子被關在這種像鳥籠一樣的地方，頓時怒不可遏。櫃檯的人幫我通報後，我搭電梯上樓，發現門外果真裝了門鏈。

我只能說她老公瘋了。我一定要帶奈央子離開，否則，我覺得她老公會殺了她。

我按下門鈴，帶著祈禱的心情等在門外。開門的是奈央子。奈央子、奈央子，我的奈央子……

我毫不猶豫便抓起她的手。

她卻不肯走出去。她注視著門外，輕聲嘀咕說：「他會殺了我。」她渾身發抖，無法動彈。

別擔心，我會保護妳。我這麼告訴她，想帶她離開。她搖著頭把我拉進屋裡，關上了門，然後蹲在地上。這時，她老公走了出來。

喂，你想幹什麼？他大聲咆哮著朝我衝過來。即使我真的是花店店員，只要是男人，他都會動手打人吧！他完全不聽我解釋，把我按在門上，一次又一次對我揮拳。抵抗？我試圖抵抗，但他第一拳就命中我的太陽穴，我差點昏過去，只有挨打的份。我以為我沒命了，這時，奈央子大叫：「別打了！」他才終於停下手……

他將怒氣發洩在奈央子身上。

她逃進旁邊房門敞開的房間，她老公也追了進去。我也想追上去，但腦袋昏昏沉沉，雙腳發軟，無法站起來……就在這時——

妳背叛我嗎?!我聽到他怒吼的聲音，接著傳來奈央子柔弱的聲音叫著：「不要！」我用盡全身的力氣站起來，走進房間一看，發現她倒在裡面廚房的流理台前，側腹被鮮血染紅了。她被菜刀或是其他的刀刺傷了。

她老公似乎沒有察覺我進屋了，背對著我，低頭看著奈央子。桌子上已經亂成一團，也許一開始是她拿起刀子的，但這對我來說完全不重要。

當我回過神時，發現自己已經撿起掉在地上的燭台，慢慢走向他，對準他的後腦勺用力敲了下去。

——是我殺了野口。

我茫然地看著他低聲呻吟了一聲，倒在地上，一動也不動。我不知道自己做了什麼。更諷刺的是，奈央子的老公殺了她之後，可能也陷入和我那一刻相同的狀態。

我完全沒有聽到腳步聲，突然察覺背後有動靜，回頭一看……

杉下站在那裡。

她剛到嗎？還是早就到了？她看到了什麼？在哪裡看到的？我該怎麼辦？我要告訴她真相？還是拔腿就逃？在我考慮這些問題時，她一言不發，呆呆地看著我。

如果我轉身逃走，不知道杉下會不會包庇我？

我並沒有想殺了杉下後逃走，因為我原本來這裡的目的並不是殺人。

這時，對講機的電話響了。是電話鈴聲，我沒有理會，對方隨即掛斷了，但沒過多久又響了，這次比剛才響得更久。

即使我現在逃走，打電話的人也在樓下，也許會覺得我可疑。

於是，我接起對講機，對方說是餐廳的外送，我想應該可以立刻把他打發走，就說要取消。

在我做這些事時，杉下默默地看著我。她似乎難以相信眼前的景象，一時說不出話。我打算帶著杉下一起逃。

這時，對講機的電話又響了，我不打算理會，沒想到杉下突然拿起話筒，說要請餐廳的人聽電話，然後叫了一個不知道什麼名字，問對方是不是這個人，接著大叫：救救我！於是，我明白自己走投無路了。

我知道自己逃不了，即使逃了也是白費工夫，而且我終於發現，沒有奈央子的世界根本沒有價值。不一會兒，對機講傳來叮咚的聲音，我渾身緊張，聽到開門聲，接著有人說：「我是『夏堤耶．廣田』派來的。」

杉下猛然衝了出去，我以為他們馬上會報警，沒想到她帶著一身好像廚師打扮的成瀨走了進來，說是她的老同學。我雖然搞不清楚這和眼前的情況有什麼關係，但杉下可能是看到熟人上門，鬆了一口氣，終於恢復了平時的樣子。

她還向成瀨介紹說，我是住在她隔壁的鄰居西崎。

成瀨年紀比我小，但看到眼前的慘劇居然臨危不亂，問杉下：「發生了什麼事？」我也想知道，我想知道杉下到底看見了什麼。

我不知道。我一直在裡面的隔音房間，走出來想借紙筆時，聽到客廳傳來呻吟聲，走過來一看，就看到西崎在這裡，發生了眼前的狀況。

杉下這麼說。原來她什麼都沒看到，我立刻想要隱瞞自己做的事。

就說野口夫妻發生爭執，互相殘殺。但是，雖然奈央子已經死了，這種說法卻會讓她變成罪犯，即使我想為自己脫罪，也不能做這麼卑鄙的事。

而且——

我收拾了殺死奈央子的人，從某種意義上來說，這是復仇。我對自己的行為沒有一絲後悔，我沒有失去任何東西，既然如此，我就應該為了奈央子而接受相應的刑罰。

聽我這麼說，你或許覺得我是個自大的小鬼，但這一點出自我的真心。

我把造成眼前這種結果的來龍去脈如實地告訴了杉下和成瀨。杉下很驚訝我在和奈央子交往，但似乎知道奈央子受到家暴、遭到了軟禁，一直希望能夠幫她。她還對我說：「西崎，你並沒有做錯，因為你是看見奈央子被攻擊了，想要救她。」如果當時我可以馬上站起來，在奈央子遇刺之前就這麼做，不知道該有多好。

我和杉下坐在奈央子身旁，對她說：「對不起，我沒有及時救妳。」然後，我們兩人都哭了起來。我想要把她美麗的身影深深烙在眼中，用這雙手記住她柔軟肌膚的觸感——想到這裡，我伸手去摸她……

不要碰。成瀨制止了我，他還說，越晚報警對我越不利。杉下找他上來的判斷是正確的。

成瀨拿出手機，撥打了一一〇。

但是，成瀨並不是最後一個訪客。

即使成瀨沒有出現，安藤晚一步出現時，應該也會做相同的事吧！

什麼？你還想問其他事？

——奈央子流產？我完全不知道這件事。

很遺憾，我可以百分之百斷定，那不是我的孩子。

N·安藤望

我叫安藤望（Ando Nozomi），今年二十三歲，目前在M商事營業部工作。

住址是千葉縣××市××二四之三之三〇三，我住在公司的單身宿舍。戶籍地是長崎縣××市千早五六七二之四，是一個名叫千早島，人口不到三千人的小島。

我想杉下應該已經說了，我們在前年夏天去石垣島時結識了野口夫婦。因為都喜歡將棋和潛水，在旅行回來後，他們也常邀我們一起吃飯，或是去他們家玩。

雖然公司內部有人耳語，說我進入M商事也是野口先生幫的忙，但這是天大的誤會。

我是在被內定錄取後，才認識野口先生的。

野口先生曾經說：「如果我們早一點認識，你就不必在大熱天那麼辛苦了。」但我不是無能之輩，不願意在影響人生前途的重要關頭，還需要靠人幫忙。

但在進公司後，多虧了擔任課長的野口先生大力提拔，我才能進入最熱門的營業部專案課。

野口先生很優秀，很照顧下屬，所有課員都很喜歡他。我有幸與野口先生建立了不錯的私交，在剛進公司時很有面子，一切也都是託杉下的福。

因為一場颱風的關係，我和學生時代住的「野原莊」公寓的鄰居杉下、西崎成為朋友。西崎與眾不同，我有點不知道該怎麼和他相處，但我和杉下都是從小在外地的小島長大，再加上我們名字的發音相同，所以很談得來，可以算是好朋友。

教我下將棋、邀我一起去潛水的都是杉下。

但我在公司工作了一段時間後，漸漸發現並不是每個人都對野口先生有很高的評價。由於他曾經照顧我，而且已經過世了，所以我也無意說他的壞話……

其實，野口先生很喜歡搶別人的功勞。

比方說，野口先生領導的團隊做某項專案獲得成功時，野口先生當然會受到高度評價，但他在上司面前往往會巧言利口，說成是他一個人的功勞。當然，他會以慶功宴之名，請團隊成員去高級烤肉店吃飯，其他人會覺得受到了肯定，事後卻發現在公司內並沒有獲肯定，所以會讓人覺得只是遭到了利用。

我剛進公司不久，也只加入過野口先生的團隊一次，但和野口先生在同一個部門多年的人經常在背後抱怨他。

然而，只要他在工作上表現出色，旁人當然也無話可說。

去年十月，野口先生的團隊出了很大的差錯，讓公司蒙受了重大損失。這件事報紙上也有刊登，就是油田開發的案子。不光是那個團隊，整個課每天都被操得天翻地覆，把大家搞得壓力很大，所以都將矛頭指向了野口先生。

那些中傷一開始針對野口先生，漸漸地，出現了他太太奈央子的名字。奈央子是董事的女兒，和野口先生結婚之前，曾經在公司當櫃檯小姐，所以很多人都認識她。

聽說有人看見她和一個年輕帥哥牽著手走進了汽車旅館。

雖然我不知道有幾分真實性，但我無法相信。據我的觀察，奈央子深愛著野口先生，野口先生也很愛她。如果沒有野口先生的保護，她恐怕就活不下去。

但流言越來越猖獗，甚至有人匿名寄發中傷野口先生的E-mail，我相信野口先生不可能完全不知情。

於是，我對野口先生的看法反而改觀了。雖然他在精神上承受了莫大的壓力，但仍然積極投入工作，努力挽救之前的專案，在公司內也沒有任何情緒化的表現，和大家相處的態度也一如往常。

他也常邀我下將棋。他像往常一樣，遇到對自己不利的局面時就會暫時中斷，改天再繼續對戰。比起立刻分出勝負，我更期待預測野口先生會想出怎樣的作戰方法，所以每次都二話不說地答應了，雖然每次最後都是我輸。

野口先生在下棋時，完全不聊將棋以外的事。當我和他坐在棋盤兩側認真對戰時，經常覺得那些傳聞都是空穴來風。

差不多就在那個時候，我接到了杉下的電話。

她在電話中說，奈央子的情況很不對勁，可能罹患了重病，邀我一起去探望她。

結果，我們在野口先生家看到了不該看的東西。

野口先生家門的外側裝了一條門鏈。

那條門鏈讓我感到不寒而慄，我開始對野口先生產生了懷疑，覺得他無論假裝多麼關心奈央子，搞不好都是在演戲。野口先生發現我和杉下察覺了門鏈，對我們解釋說，奈央子因為流產導致情緒不穩定，會突然魂不守舍地跑出去，他不得已才裝了門鏈。但我認為如果是這個原因，應該有其他更好的方法。

無論怎麼看，門鏈都不可能是為了奈央子著想而裝上的。

杉下也產生了質疑，但覺得這種事不值得報警，這只是別人夫妻的家務事。之後因為忙於工作，我就把門鏈的事忘得一乾二淨了。

雖然每天都會在公司見到野口先生，但我白天幾乎都在跑外務，沒時間聊私事，就這樣迎接了新年。

我在哪裡過年嗎？這是我工作後的第一次過年，我回老家了。

新年過後的十二日星期三，野口先生邀我去他家吃飯。之前和野口先生對戰時，在對我相當有利的情況下中斷了，我想他應該想到了對策，打算和我繼續下棋，但他說是要辦餐會為奈央子打氣。

野口先生說，奈央子已經好多了，希望我們去見見她。

當我得知是杉下提議辦這場餐會時，我反省自己，當初怎麼會把這件事當成無關緊要的事情呢？

不過，野口先生說，那天也要繼續和我下棋，叫我晚上七點之前去他家。

那天，我六點多就到了野口先生家。

由於有一份報告要在當天內做完，所以我假日到公司寫報告，沒想到比預定時間更早完成。我無事可做，就提前去了野口先生家。

我在大廳打電話給野口先生，他說要和我談工作的事，叫我直接去酒吧等他。

我告訴櫃檯，我和野口先生約在酒吧見面，然後搭電梯去了頂樓。我坐在窗邊的座位先點了咖啡，等了一陣子，仍然沒有看到野口先生。其實他在電話中叫我來酒吧等時，我就已經有了預感，因為在電話中可以感受到他的不耐煩。

他現在一定正絞盡腦汁地思考在上次對局中反敗為勝的方法。於是，我借了放在吧檯上的雜誌打發時間。

或許是因為平時很少有這麼空閒的時間，我有點昏昏沉沉的，開始打瞌睡。當我醒過來時，一看手錶，已經快七點半了。我慌忙站了起來，想到野口先生可能來過這裡，看到我在睡覺又下樓了，就問酒吧老闆，野口先生有沒有來過？但顯然是我多慮了。

他應該還坐在將棋盤前研究吧！我下樓去野口家時還這麼想。

當我看到門外仍然裝著門鏈時，不禁有點驚訝。

我按了門鈴後，杉下走出來，叫我不要進去。即使因為將棋的關係阻止我進門，也已經超過了約定的時間，我覺得這種態度未免太過分了。

即使我輸棋也沒有關係，相反地，我還情願輸棋，甚至希望把我想到的妙招告訴杉下，由她去轉告野口先生，假裝是她想到的。

現在回想起來，這個想法簡直天真得有點滑稽。我正把辦法告訴杉下時，身穿制服的警官和救護人員走出了電梯，向我們走來，我嚇了一大跳。最後，我沒有進野口先生的家門。

即使現在了解情況後，我還是難以相信野口夫婦死在屋內，而且，西崎居然也在裡面。

櫃檯人員的證詞

五點二十五分，向野口先生家通報杉下小姐抵達。
六點十五分，讓與野口先生有約的安藤先生前往酒吧。
六點二十五分，向野口先生家通報「真紀子花坊」的人抵達。
六點五十分，向野口先生家通報「夏堤耶・廣田」的人抵達。
——以上的紀錄完全正確。另外，在警方趕到之前，以上這幾個人都沒有出入大廳。
本大廈除了大廳的出入口以外，還有一道通往地下停車場的門，位於那裡電梯後方的逃生梯旁，只有住戶和提出相關申請的人員才能拿到那裡的專用鑰匙。

酒吧人員的證詞

照片上的人在傍晚六點半左右開始坐在那裡的窗邊，大約坐了一個小時左右。他點了熱咖啡，借了幾本雜誌，很快就睡著了，所以我記得很清楚。他在離開時曾經問野口先生有沒有來過，但野口先生沒有來過。
當天的發票顯示他是在十九點二十五分結帳的，你們可以確認一下。

〈判決〉

主文

判處被告十年有期徒刑。

訴訟費用由被告負擔。

——十年後——

現在的年輕人都很自私。

雖然我已經不年輕了，但每次聽到這種話，我就在心裡反駁，根本不是這樣。

當我知道自己只剩下不超過半年的壽命時，我很慶幸自己沒有結婚，也慶幸沒有生孩子。

得知自己將從這個世界消失的事實，固然令我有點害怕，卻並不感到難過，因為即使我從世上消失了，也不會有人為我悲傷。

老家的父母和弟弟或許會難過，但是，他們不至於悲傷到無力度過之後的人生。即使有人認為我重要，也不可能把我視為最重要的人。

或許之前曾經有過一個人。

當時所有人的心中都曾經有過最重要的人。

為了那個人，不惜犧牲自己；為了那個人，可以說出彌天大謊；為了那個人，自己可以做任何事；為了那個人，自己可以殺人。

大家都只想到各自心目中最重要的人，思考如何用讓最重要的人不受到傷害的方式，使事情落幕。

即使無法掌握事件全貌，但或許是因為保護了自己心中最重要的人而感到心滿意足，所以沒有人去探究真相。
對方並不知道自己保護了對方，自己也不想讓對方知道。
然而，當知道生命所剩無多時，人就會變得貪心。
案發至今，已經過了十年。
命案關係人到底為了誰？做了什麼？為什麼可以做到這些事？
我想要了解真相，也希望所有人都知道真相。

第二章

當初設想了兩種情況。

王子把公主帶走之後，我設法阻撓國王追出來。

或是萬一王子失敗，由我代替王子把公主帶離高塔。

我走向高塔時，內心祈禱前者可以成功。

這件事情就像是平靜海邊的海藻，缺乏自我意志地過著隨波逐流的平凡人生，然後畫下了句點一樣。這才是原本的計畫。

要營救被壞國王囚禁在高塔的公主。王子提到了「長髮公主」，我沒聽過這個故事。

在這次故事中出現的人物，有壞國王、公主、王子、王子的隨從一和王子的隨從二——我。我的戲分並不多，所以一旦成功，就皆大歡喜；即使失敗了，我也不必承擔任何風險。

我只是基於這樣的心態答應參與，沒想到，兩具屍體躺在我腳下。

壞國王和公主——現在不是用這種戲謔方式表達的時候。

到底發生了什麼事？

「計畫失敗了。」

我默然無語地抬起頭時，站在屍體另一側的王子無力地說。我身旁的王子隨從一低著頭，小聲地說：「對不起。」

杉下希美。

雖然眼前的狀況一發不可收拾，但至少她沒有理由向我道歉。相反地，我現在必須思考到底能夠為妳做什麼。

歸根究柢，我願意答應參與這個計畫，就是為了妳。

這稱不上是命中注定的重逢。

在準備那座前往人口不到五千人的小島時，看見高三時喜歡的女生走進人影稀少的老舊渡輪站，就覺得是命運安排的純情傢伙，恐怕在即將前往的鄉下老家也找不到吧！

渡輪一天只有兩班，上午和下午各來回一趟，我搭的是下午那一班。更何況，當時正值聖誕節過後的年底，是大學生返鄉的旺季，會遇到老同學根本是稀鬆平常的事。

但即使如此，我也不敢輕鬆地上前和她打招呼。我沒有資格叫她。

她在入口附近的自動販賣機買了罐裝熱咖啡，是加了很多牛奶的溫和口味。

她回頭時，看到了我，叫了我一聲：「啊！成瀨。」很自然地和我一起坐在已經褪色的狹小塑膠長椅上，然後看了看我的手，笑著說：「你還是喝這個。」這時，也許我的腦海中會浮現出「命運的安排」之類的字眼。

——正當我在這麼胡思亂想時，她走出了渡輪站，走向剛抵達棧橋的渡輪。

隔了一會兒，我也走向渡輪。

雖然我來到了船艙門口，但因為覺得她可能坐在入口旁，所以我沒有走進去，而是坐在甲板的椅子上，這裡雖然有風，但不至於太冷。渡輪隨著山口百惠的〈出發旅行的好日子〉歌曲旋律駛離了岸邊。我從大衣口袋裡拿出罐裝咖啡，拉開拉環，這是島民搭渡輪時的習慣。

此時此刻，想必她也正在拉開剛買的罐裝咖啡拉環。

我看著手上的咖啡罐，這是加了大量牛奶的溫和口味，很適合體型嬌小的她，卻不適合高頭大馬的我。

「平時我喜歡喝黑咖啡，但疲勞的時候，喝這個很管用。」

我們第一次放學一起走回家那天，我在中途的自動販賣機前不假思索地按下按鈕後，慌忙這麼解釋。她也說：「真的很好喝，我每次都買這種的。」

——少來了，我們又沒有交往過，我到底在緬懷什麼啊！

我們只是同學，只是同班同學而已。不，如果真的只是這樣，我可以馬上走進船艙內向她打招呼：「好久不見。」或是問她：「妳會去參加後天的同學會嗎？」

高中同學會。那是島上唯一的一所高中，正確地說，是旁邊另一座大島上那所高中的分校，所以同學們幾乎都是小學時的同學，根本沒必要特地說明是「高中同學會」。當我在履歷表上寫青景島小學、青景島中學、青景島分校時，一起打工的那個一直讀有名私校的傢伙還問我：「你也是直升的嗎？」

雖然在島上升學不需要考試，但和私校的情況差太遠了。

像三角形飯糰的小島漸漸出現了。

青景島。

那裡曾經是令人窒息的空間。

剛離開島上時，我充分享受著那分解脫感，覺得自己再也不想回到那種地方了。經過四年後，卻漸漸開始思念起小島。畢業後的工作就像是打工的延續，我這陣子還在思考，乾脆趁畢業之際，搬回隨時都可以回家的地方。

剛好在這個時候，收到了同學會的通知，看到幹事的名字，便覺得「果然不出所料」。會計畫辦同學會的，都是那幾個在島上的時光成為他們人生顛峰的傢伙，那些無憂無慮、喜歡譁眾取寵，既會讀書、運動能力也很強、很敢表達自我意見的人。他們想要在島上這個小世界逞威風，所以，看到稍微不如自己的人就徹底看不起，遇到比自己稍微強一點的人，就會在其他地方找麻煩。

傻大個有什麼好神氣的？

只有讀小學的時候，大家會誤以為那些很敢表達自我意見、在課堂上敢大聲發言的傢伙很厲害。所有人一起升上國中後，學校開始有期中考和期末考時，那些傢伙發現在比自己不起眼的小團體中有更厲害的人，於是，每當在狹小的教室內公佈考試最高分時，他們就出言不遜，哄堂大笑。

他們完全沒有發現，即使那個第一名離開了這座小島，也只是淹沒在茫茫人海中的小角色。他們拚命保衛自己的王國，但當他們一無所知地離開這個島後，不到幾個月，就被外面的世界擊垮了，為了療癒這分傷痛，開始籌辦同學會。

我以前很聰明，運動能力也很強，也有很多女生喜歡我。

只有同樣受到打擊的傢伙會相互取暖。

即使不出席，我也完全可以想像同學會的情況。我不想再見到那些人，卻還是在「出席」上畫了圈，因為我終於發現，我把自己的窩囊完全歸咎於小島，無謂地厭惡這座小島。

她也曾經無法忍受小島的那分窒息感。

不知道杉下會不會出席。

雖說這座小島上的餐飲業越來越難經營，但一年前開張的這家家庭式居酒屋生意還不錯。

雖然這種聚會讓人提不起勁，但大家可能覺得才幾千圓的會費，不如去看看吧！菜餚不必美味可口，只要能夠填飽肚子，又可以一邊喝酒，當作下酒菜就好，鹽、油和化學調味料可以在轉眼之間滿足廉價的味覺。

——我打工餐廳的老闆廣田先生如果也在，一定會對這裡的菜餚搖頭嘆息，但吃著這些讓他搖頭嘆息的菜配啤酒，並不如想像中那麼糟糕。

同學會的氣氛也一樣。雖然四年不見，但大家都好像在上學路上相見般輕鬆地打招呼：「還好嗎？」、「最近怎麼樣？」然後開始天南地北聊天。他們之前有這麼友善嗎？不，也許他們以前就這樣，搞不好是我自己心態不正常，看不起周圍的人。

結束敘舊，開始聊打工、找工作的事後，令人感受到歲月的流逝。

「成瀨，你找到工作了嗎？」

高中畢業後在島上造船公司上班的傢伙問我。他考取了幾張證照，目前在工廠內當組長。

「就在我目前打工的地方，是一家名叫『夏堤耶．廣田』的法國餐廳。」

——但其實並不是正式錄用。原本以為去考幾家貿易公司、銀行，應該不難找到工作，沒想到全軍覆沒，而且，幾乎都是在最後面試時被刷下來。

你的成績不錯，應對也彬彬有禮，但在你身上感受不到霸氣，感受不到你真正想在我們這裡工作的熱忱。

誰會在面試時被面試官當面這麼說？但我並沒有沮喪，只是茫然地這麼想，所以，搞不好我真的缺乏霸氣。也許是因為廣田先生曾經問我：「要不要在我們餐廳工作？」讓我有了退路的關係。當我向他報告沒有一家公司錄用我時，他只回答：「那明年也在這裡工作吧！」卻還沒有說要正式錄用我。

你大學畢業，跑去餐廳工作？

即使有人哪壺不開提哪壺，我也只能苦笑著說：「對啊！」

「那家餐廳很有名。」

斜對面突然傳來一個聲音，是杉下。她化著偏濃的妝，髮尾鬈曲著，拿著連我都知道牌子的名牌包，看到她在今天在場的所有女生中打扮得最時髦時，我暗自鬆了一口氣。

我知道她坐在附近，但我不敢正眼看她。她告訴其他人，雜誌上也介紹過那家餐廳，餐廳的主廚曾經在什麼世界大賽中得過獎之類的。

是嗎？那很了不起啊！周圍人的反應和之前完全不一樣了。

我不想讓她知道我是不得已才決定在那家餐廳工作的。我抱著這種想法，和她聊工作的事，當我回過神時，旁邊的人換了座位，變成我們兩個人在單獨聊天。正確地說，是我忙著回答她的問題。

我也想問她問題，即使只能問一個問題也沒有關係。

妳會原諒我嗎？這種話，我當然不敢問出口。

「對了，這個可以請你幫我看一下嗎？」

不知道是否對我的工作——應該說是對「夏提耶・廣田」沒有想知道的問題了，她從皮包裡拿出一張小紙片。

如果按身高換座位，靠窗最後面就是我的固定座位，我也不必擔心坐在我後面的人能不能看到黑板上的字。但是，每次換座位都是抽籤，而且坐在我後面的人每次都說看不到，希望和我換位子，所以，結果我還是坐在最後排。高中生涯中只有兩個月期間，我後面坐了一個人。我主動提出和她換座位，但她委婉地拒絕了。

「我想坐這裡。」她說。

那天，高三第二個學期剛開學不久，是上數學課的時間。

「杉下，妳坐在那裡看得到黑板嗎？妳來解答第三題。」

當老師出題讓大家練習時，突然點名她上台解答，但她甚至沒有察覺到自己被點到了。她始終低著頭，專心地不曉得看著什麼，當我發現是報紙的剪報時，她才察覺全班同學都看著她。

「妳既然這麼專心，應該早就解答出來了吧？」

數學老師故意揶揄她。那是門檻很高的私立大學考古題。不知道是否因為被派到這所位於僻地的名不見經傳高中的分校，大大傷害了他的自尊心，他從練習題庫中，挑選出自己的畢業校入學考試的考古題，要求全班解題，然後罵我們：「你們這些智障怎麼可能會這種題目。」再得意揚揚地為大家解答。

所以，他每次都故意找看起來不會解題的同學。杉下的筆記本上一片空白，她不僅沒有做這道題目，甚至不知道是哪一題。我很討厭數學老師對她嗤之以鼻的態度，小聲地把答案告訴了她。

「呃，是——」

「妳答對了，但可能是亂猜答案，妳來黑板上寫出計算過程。」

數學老師之前從來沒有要求同學在黑板上寫計算過程。要不要偷偷把我的筆記本塞給她？我還沒來得及給杉下，她就快步走到了黑板前。她握著粉筆，皺起眉頭瞪著黑板片刻，然後突然像著了魔似的寫了起來。

「這樣對嗎？」

她不安地問。數學老師呆然回答：「嗯，對。」她便嫣然一笑，回到了座位。

下課後，她對我說「謝謝」時，我完全搞不清是怎麼一回事。是因為我告訴她答案嗎？我對她說：「妳是自己解答出來的。」她笑著說：「因為你拿筆記本給我看，我才會的。」

她走去黑板時，似乎瞥到了我的筆記本。妳這樣瞥一眼就記住了超過十行的計算過程嗎？我驚訝地問。她回答說，因為我腦袋裡有照相機。

雖然我們同班已經五個月了，但這是我第一次和她說話，於是，我問她在上課時看的那份剪報。

「你喜歡將棋嗎？」

那是詰將棋❸，採用的是「已經吃掉對方的○○了，如何走三步將死對方？」之類的問題方式。我聽說去年到杉下他們班上代課的國文老師很喜歡將棋，所以對學生大力推廣，但我還是第一次看到有人在上課時專心看詰將棋，而且還是女生。

「不，完全不是這樣，我只是覺得會將棋的話，應該對以後有幫助，所以拚命記下來。」

「將棋對以後有幫助？有哪些幫助？」

「……比方說，在豪華遊輪上偶然遇見喜歡將棋的阿拉伯富翁時，說只要可以贏他，就送我一塊油田之類的。」

「我覺得這種可能微乎其微，而且如果妳有這種打算，應該學西洋棋吧！哦，不過如果這麼想，玩將棋也會變得很有趣。」

「成瀨，你會將棋嗎？」

「有時候會陪我爺爺玩，知道遊戲規則，但我爺爺很弱，所以我從來沒有好好思考過要怎麼走。這張可以借我看一下嗎？」

我向她借了剪報，在下一節日本史的課堂上想了一下，棋子突然動了起來，我一下子就找到了答案。我一心祈禱著趕快聽到下課鈴聲。

我把答案告訴她，她連連說著：「好厲害，你太厲害了。」之後，她經常從各種報章雜誌上剪下棋譜帶給我。她的興趣並不是找到解答，應該說，她並不擅長，只是把找到破解方法的棋譜背下來。

不久之後，當我找到破解方法時，來不及等到下課，便撕下筆記本的一角，偷偷傳紙條給她。她就會按三下自動鉛筆，那是「好・厲・害」的暗號。

從某一天開始，她開始按四下。

「妳多按了一次，是什麼意思？」我問她。「你自己想。」她不願意告訴我。我家餐廳的服務生經常哼唱「那是深深愛著你的暗號」，但「深深愛著你」應該是五次才對。

直到那件事發生後，我仍然不明白她按四下是什麼意思。最後，她開始按五次，我們彼此不再說話。當然，五次的意思絕對不是「深深愛著你」。

❸一種將棋排局，相當於中國象棋的連將殺（連續將軍至倒棋為止）。

雖然我至今仍然不知道她按四次代表什麼意思，但我想五次的意思應該是「你最好去死」。

她遞給我的是勝負分明的棋譜。

那不像詰將棋般有明確的問題和答案。當她問我：「要怎麼反敗為勝？」時，我根本答不上來，但也因此有了續攤的理由，可以說是天上掉下來的禮物。

雖然我稱不上富有，但畢竟和以前不一樣了，我的皮夾裡也有幾張萬圓大鈔，所以可以去其他的店一邊喝酒，一邊解棋譜。但和那時候一樣，只有一個地方可以讓我們不必在乎任何人的眼光，盡情聊天。

位於小島中央的青景山海拔三百三十公尺，沿著通往島上最高峰山頂的散步道走五分鐘左右，接著再往岔路走沒幾步，有一棟平房靜靜地坐落著，那裡就是她家。小學生們都稱那棟房子為「鬼屋」。

我從來沒有踏進過她家。我們經常坐在散步道入口旁，有一個自動販賣機的涼亭內，沒有令人臉紅心跳的對話，只是專心地研究棋譜。

今晚，我們再度走去涼亭。

這座島上根本沒有任何有氣氛的餐廳可以邀睽違四年的女生一起去敘舊，除了舉辦同學會的那家居酒屋以外，幾乎都是小酒館，所以同學會解散後，大家又在同一家店續攤。

四年的時間，改變不了什麼。

雖然很冷，但還不至於冷得牙齒打顫，而且和女生並肩坐在一起，也不至於凍死。我們買了罐裝熱咖啡，保持一定的間隔坐了下來。儘管有路燈，但光線不夠亮，看不清楚棋譜，於是我說等我想出答案後再告訴她，相互留下了住址、手機號碼和E-mail信箱，接著閒聊起一些無關痛癢的事。

就是學校的事、打工的事，還有找工作的事。

她說，她在清潔公司工作，專門清掃剛落成的大廈，以及在深夜打掃辦公大樓。她笑著說，其實她想清潔大廈的窗戶，但因為體重不足五十公斤，所以不能坐上吊車。

雖然我並不是完全不能接受，但我希望她在雜貨店或咖啡館打工，而不是做這種像男生一樣的粗活。我希望她像那些用打工錢買皮包的女生。不過，無論怎麼想，都覺得她打工是為了生活。

她會走到這一步，全都怪我。唯一令我感到安慰的，是她畢業後要去一家知名的建商上班，電視上也經常可以看到那家公司的廣告。

「成瀨，你呢？」

她問我，就像以前那樣。雖然她的態度充滿善意，但我無法再像以前一般滿懷熱忱地高談自己的理想。不，我以前曾經和她談過理想嗎？

早知道，我應該充滿熱忱地說，我想早點工作。哪怕是謊言也無所謂。

十月底。

「我真不想換座位。」

在有幾分寒意的涼亭內，當我手拿罐裝咖啡看著棋譜時，她突然這麼說。難道她在向我表白，暗示不想和我分開嗎？我內心小鹿亂撞，但是，這種期待很快就被粉碎了。

「因為坐在你後面很安全，老師看不到我。」

哦，原來是這個意思。

「上數學課時背英文單字也沒人知道嗎？」

「啊，你發現了嗎？為了在豪華遊輪上結識阿拉伯的石油王，至少要會英語啊！」

「妳上次也這麼說，妳是認真的嗎？」

「認真的，認真的，這是我的夢想，不，應該說是野心。如果沒有這種野心，怎麼能夠接受這麼無聊的現在？你有什麼野心嗎？」

「沒有，只想離開這座島，淹沒在人群中。」

「那不是很快就能實現了嗎？你會考大學吧？」

我當然想考大學，第一學期的升學志願調查表上，我也這麼寫了，但情況發生了變化。我家的日本餐廳必須在今年內拱手讓人。

餐廳的生意從幾年前就開始一落千丈，要出售餐廳的事談了也不止一、兩天了。

一開始是本州一家觀光飯店的老闆想要接手，做為那家飯店的分館，繼續經營日本餐廳，然而，事情不知道從什麼時候開始發生了變化，說要在半年內拆掉，改建成柏青哥店。

我爸媽將在那家柏青哥店工作——這件事也沒有最後拍板定案。

至於繼續求學與否，以眼前的狀況，已經不是只要考上國立大學就可以輕易解決的問題。

「我可能會去工作吧！」

「是嗎？那你想做什麼？」

「做什麼好呢？只要有人願意僱我，不管什麼工作都好。」

我心灰意冷地看著棋譜上的棋子，即使再用力瞪，就算舉在燈光下看，那些棋子都一動也不動。

一個星期後——

白天的時候，可以從那座山的山麓眺望整個海岸邊的小鎮。現在能看到的只有稀稀落落的燈光。沒有人會去那裡，因為據說有幽靈出沒，所以也無法成為約會地點。那時候，她經常說，那裡是最能讓她感到平靜的地方。

她說，她幾乎每晚都會在那裡讀書、發呆。

那天，她應該也在涼亭內，然後發現海岸附近的房子冒出了火光，可能是哪裡失火了。當她衝下坡道，來到熊熊燃燒的房子前面時，發現我呆呆地仰頭望著房子。

餐廳已經賣給別人了，那天，我家搬去了小鎮僻地的公寓。

不曉得杉下是怎麼想的，當趕來的消防隊和警方向我們了解情況時，她搶先開了口。

我們一直在一起。我叫成瀨來散步道入口的涼亭找我，準備把申請獎學金的申請書拿給他。雖然也可以去學校的時候拿給他，但因為截止日期快到了，而且，也不太想讓大家知道這件事，於是就約了他九點見面，在那裡填寫申請書。

結果，看到這裡冒出了火光，我們一起跑來察看。

當時，我完全搞不懂她為什麼會說謊。

我原本想開口，但聽到一旁圍觀的人——其實都是認識的左鄰右舍竊竊私語說：「是不是有人縱火？」我閉了嘴。

因為他們在說話時，不時瞄著我。

我的確最有嫌疑。如果我說剛好路過，看到這裡起火了，就呆呆地停下腳步，恐怕也沒有人會相信。

要是有人問我，在這個連便利商店也沒有的小鎮，為什麼這麼晚還在外面遊蕩？而我回答：「我很想見她。」恐怕也沒有人會相信。

雖然我和她之間的關係無法彌補我失去重要東西的空虛，但我還是想見她。這種話，我當然說不出口。

最後，我只回答：「沒錯。」那天晚上，杉下果真給了我獎學金的申請書，我沒有仔細看內容，第二天一大早就交給了班導師。

「對，對，我之前就打算建議你去申請。」

班導師一派悠然地說，如果他真的這麼做，不知道該有多好。那場火警雖然研判是有人縱火，卻沒有找到縱火犯，我在翌月十一月底時，收到了獎學金審核通過的通知。

我的父母說：「既然如此，那你就好好加油。」

我打算告訴杉下這件事，這時，我仔細看了獎學金的內容，才第一次了解詳情。我這才知道，縣內各所學校都只有一個名額，可以享受這個註冊費和四年學費無息貸款的優惠。

杉下手上有這份只有鎮公所窗口才能拿到的申請書，應該是為了自己申請的吧？她當時的境遇比我艱困好幾倍。

杉下的父親將情婦帶回家，把她母親、她和她弟弟趕去山下的那棟小房子——這是島上公開的秘密。

即使下課時，她也很少和其他女生一起玩，總是一個人看著棋譜，不時遠眺窗外。我經常情不自禁地望向她，追隨著她的身影。

為了離開這座小島，她必須自己思考求學的事，也打聽了關於各種獎學金的消息，所以才會去鎮公所拿申請書。

——為什麼我那天晚上沒有察覺這件事？這是申請一大筆貸款的申請書，為什麼我沒有好好看清楚？

而且，為什麼班導師要在班會上說這件有關個人隱私的事？成瀨申請到本縣只有少數幾個人能拿到的獎學金。這等於在告訴大家，我家裡很窮。當時，已經換了座位，杉下坐在我的斜前方，我看不到她臉上的表情，但我看見她按了五次自動鉛筆。

我和你絕交、你是窩囊廢、你最好去死……

不，可能只是筆芯卡住了。但是，自從那次火災後，杉下沒有再拿詰將棋來找我。

我不敢主動找她。久而久之，即使擦身而過時，我們也故意不看對方。

在我離開小島前，輾轉聽人說，杉下也考進了東京的大學，總算讓我稍稍鬆了一口氣。

多虧有杉下，我才能離開小島，繼續求學。雖然我還沒有把感謝說出口，但至少應該加倍努力，有朝一日重逢時，可以驕傲地向她報告近況……不知道過了多久之後，我卻遺忘了這種想法。

我很少去學校，整天賭馬、打柏青哥，打工只是為了填補輸錢導致的手頭拮据。畢業後的工作也沒有著落，從四月開始就可能淪為打工族，但在她面前卻大談特談「夏堤耶．廣田」的事，試圖表現出自己也很努力，甚至還和她分享了去外送到府時遇過的美好經驗。

「——那位太太因為車禍不良於行後，幾乎很少說話。但那天吃著我們餐廳的餐點時，一臉懷念地說：『我記得那天下了雪。』或是：『在那天的回家路上，我們第一次牽手。』結果，那位先生哭了出來，我也忍不住跟著流眼淚。」

那並不是我信口開河。能夠勾起往日回憶的料理實在太美好了，當天晚上，我還曾經認真考慮要不要改讀料理的專科學校。但我之所以覺得自己太卑鄙，是因為我想藉此來掩飾自己的窩囊，不過這件事卻差一點露出馬腳。

杉下一臉若有所思的神情認真地聽我說，這更令我感到侷促不安。如果可以請她到「夏堤耶．廣田」用餐做為道謝，不，不是為了彌補過去，而是帶著展望未來的心情……我暗自這麼想著，從皮夾裡拿出了餐廳的名片。

「如果妳有興趣，這張名片給妳。」

我嘴太笨了，她會以為我叫她自掏腰包來店裡吃飯。

「如果我預約的話，會由你送上門嗎？」

她的回答很難和剛才同學會時，她說「好久沒喝真正的啤酒了」這種小家子氣的話聯想在一起。當她收起名片時，順便拿出了記事本，似乎在確認日期。

當然，很樂意為妳服務。妳要點一人份嗎？還是打算央求妳男朋友買單？不敢問這些問題的我果然很窩囊。

「野原莊」一〇二——那天晚上相互交換的住址上這麼寫著。

因為打工的關係，新年過後，我三號就回到了東京。那是我回到東京的第三天。開完同學會之後，我整天都想著將棋的事。不，應該說整天都在想杉下。有時候，我會實際在將棋盤上走棋，或是和爺爺下棋時，按照杉下給我的棋譜上的方式進攻，結果爺爺一句不經意的話讓我見到了曙光。

「你看了電視教育台的將棋教室嗎？」

按理應該會輸的那盤棋子配置，正是那個節目在半年前所介紹的某某棋王的「破振飛車戰術」。雖然爺爺把那個節目錄下來之後，隔天會重複看好幾次，但他居然可以記得半年前的節目，實在太厲害了。總之，爺爺這次幫了大忙。

我想，杉下也是受到了誘導。和杉下對戰的對手知道她把這個什麼什麼戰術背了下來，所以從序盤開始，就誘導杉下走這個棋路，再用偽裝成棄子的步和桂馬❹將死她。

要趕快告訴杉下。我心情激動地打電話給她，她說她已經回東京了。我說可能要花一點時間解釋，她問我，改天要不要去她家。

「野玫瑰莊」❺。我住的地方叫「立花公寓」，聽名字的話，她住的公寓似乎比較時尚（？），我心裡稍稍鬆了一口氣。從車站走去她家時，看到沿途高樓林立，覺得距離車站五分鐘的環境應該很不錯……但是走進從大馬路上幾乎看不到的小巷內，連續左轉兩次後，看見了一棟讓我納悶可能是電影佈景的兩層樓木造破公寓。

當然，如果在小島上，這種房子就不足為奇了。

樓梯扶手上掛了一塊寫著「野原莊」的舊木牌。

一樓的二號室。只要稍微用力應該就能踹開的門口旁，裝了一個小門鈴，我按了門鈴後，她立刻出來應門。她沒有化妝，穿了一件樸素的洋裝。

鋪著榻榻米的三坪大房間內，如果沒有那台筆電，會以為走進了昭和年代的時光隧道。但是，這種樸素讓我回想起她在小島上的歲月，比起上次見面時，更令我感到懷念。

她的生活這麼清苦，也許都是我的錯。

不，房間裡有一件格格不入的家具，由於放在位於門口死角的位置，一開始我沒有發現。

那叫梳妝台嗎？梳妝台的做工很扎實，木製外框上有著精細的雕刻，如果放在歐洲的城堡裡，應該感覺相得益彰。還是說，因為這個看起來很昂貴的梳妝台上胡亂地堆放著書和雜誌，而讓人覺得不適合出現在這裡？

「如果你不介意，就坐這裡吧！」

❹日本將棋中的棋子，「桂馬」相當於象棋中的馬，「步」相當於卒。

❺「野玫瑰莊」的發音和「野原莊」相同，所以成瀨誤以為是「野玫瑰莊」。

暖爐桌。她吃飯、看書或做作業時，應該都坐在這張桌前。正中央擺著摺疊式將棋盤和放了將棋的塑膠盒。眼前是裝了咖啡的馬克杯，已經加好牛奶和砂糖。

「我完全不覺得你是第一次來我家。上次同學會時，也不會覺得很久沒見面了，沒有任何生疏的感覺。」

她的話意味深長。不，或許言者無心，只是聽者有意。在她家和她獨處時，我的心跳加速，為了不讓她察覺，我喝了一口咖啡，然後打開了棋盤。

排好棋子後，我就像電視上播的將棋教室那樣鉅細靡遺地解釋。我覺得對手在誘導杉下，讓我覺得對方似乎在輕視她，於是我問杉下，是不是她一心想要用破振飛車戰術，被對方察覺了，想要將計就計。

「哦，原來是這樣。」她專心地看著棋盤。

「將棋和詰將棋不同，如果想要直接運用在詰將棋中學會的戰術，往往會讓對方有可乘之機。為了避免這種情況，至少要在三手之前，吃掉對方一個看起來比較無關的棋子，但這是在知己知彼的情況下相互欺騙，很可能被對方將計就計——不過，先這樣走。」

我逆轉了棋盤上的局勢。

她端詳了片刻，笑著對我說：「你太厲害了。」雖然她手上沒有拿自動鉛筆，但我似乎在腦海深處聽到她按了三聲，於是，我鼓起勇氣問她：

「妳按四次鉛筆到底是什麼意思？」

「那是我那時候整天在想的事，不過，我很希望你可以心領神會。」她希望我可以心領神會，理解那四個字。應該不是「好好加油」吧！「深深愛著你」則是五個字。不，高中生在表白時不會說「深深愛著你」，而是更簡單……

「杉下，那個怎麼樣了？」

門咔嚓一聲打開了，傳來一個男人的聲音。他直接走了進來。那個男人長得很俊美（？），白白淨淨的，輪廓線條很細膩，鼻梁很挺，有一雙細長明亮的眼睛。他是誰？

「西崎，你回來啦！要不要在我家吃飯？我馬上就做好了。」

我一進門就注意到狹小廚房的單灶瓦斯爐上有一個雙把鍋，正用小火燉著菜。我以為是為我準備的。

「洋芋燉肉嗎？我吃到快吐了。把我的份留給野原爺爺吧！我回家了。」

那個男人來無影去無蹤，似乎根本不在意我在杉下家。他是誰？

「我已經煮了房東的份。成瀨，你會吃吧？」

「當然。」

「我多煮一點果然正確，我會裝在保鮮盒裡，你記得帶回去。」

不能在這裡吃嗎？我暗自閃過這個念頭，但隨即想起自己的立場。我還沒有向她道歉，所以她也還沒有原諒我。我上門甚至沒帶伴手禮，還在自以為是地給她上什麼將棋課。

而且，還吃人家的醋。

「呃，他是誰？」

「住在隔壁的西崎，他長得是不是很像王子？他應該算是大學生，我搞不清楚他還在補學分或是已經畢業了，他想當純文學作家。」

「哦，很適合他，他給人就是這種感覺。」

「對吧？而且，『結核病』或『結核病療養院』之類的字眼似乎也很適合他。如果他兼具才華，就沒話可說了。」

「他沒才華嗎？」

「他給我看過幾篇他很有自信的作品，都不知所云。像是為了讓自己飼養的小鳥憑自我意識變成串烤，故意不餵食小鳥好幾天，然後，把飼料放進預熱後的烤箱，吸引小鳥走進去之類的故事……還有一個男人深信投海自盡的女友變成了貝殼的故事，一開始把貝殼放在耳邊，傾聽女友聲音的情節還很浪漫，但之後他聽不到聲音了，就把貝殼敲碎吃了下去，結果那天晚上，女友就出現在他夢中。之後，那個男人每天晚上都去沙灘上尋找女友變成的貝殼，敲碎後吃下去，久而久之，感覺自己的身體僵硬，才發現自己變成了一個巨大的貝殼。是不是很莫名其妙？」

「嗯，不過也可以說很有文學味。」

「但是，那個男人居然把貝殼用石頭敲碎後吃下去，他又不是雞，絕對不可能啦！……如果被他聽到，一定會很生氣，而且這棟公寓的隔音很差。」

「你們在交往嗎？」

「怎麼可能？房間裡如果放一張他的照片，應該很賞心悅目，但他很不好相處。而且，這棟公寓的鄰居關係都不錯。三年前的一場大颱風時，這裡淹水了，大家當時有一種命運共同體的感覺，我們曾經一起修屋頂。這棟公寓很破舊吧？不過，比起在島上不知道好了幾倍。我想，這種感覺只能和你分享，所以很高興見到你。」

「杉下，對不起，真的很對不起。妳為了袒護我，沒辦法申請到獎學金，我真的很高興？即使因為我的關係，只能住在這麼破舊的公寓？還要修理屋頂……對妳很抱歉。」

我離開暖爐桌，在榻榻米上向她磕頭道歉。我知道即使頭磕得再低，她也不會原諒我。就算她申請到獎學金，應該也沒辦法住進漂亮的套房，但至少可以住得比現在好。杉下原本可以過像我這種輕輕鬆鬆的生活。

「等一下，你一直這麼認為嗎？我完全不在意獎學金的事。」

我抬起頭。她露出很為難的表情。

「你也知道，雖然我家那種狀況，但是至少我爸爸還在。那個死老頭和情婦一起住在海岸旁的大房子裡，但至少會付贍養費……所以我按了五次，想要告訴你：成瀨，真是太好了。」

「按五次的意思是『真是太好了』嗎？」

「對啊！不然還會有什麼意思？」

可以有的意思可多了。不過，聽她這麼說，我鬆了一口氣，幾乎快哭出來了。太好了！太好了！太好了！——

「對了，關於『夏堤耶・廣田』的外送到府服務，比方說，今天打電話，可以預約到這個月的日期嗎？」

「那不行，最快要到四月。」

「要等那麼久嗎？能不能設法提早？有沒有成瀨獎學金感恩回饋之類的？——啊，算我沒說，這樣好像在向你討人情。」

正因為前一刻才鬆了一口氣，所以這句話像是一刀刺傷了我，而且重重地刺進了我的心裡。她立刻露出了懊惱的表情，因此我相信她只是隨口說說而已，但如果這件事可以回報她……她沒有生氣，不代表不曾有恩於我。

「對哦！只要我去預約就好。」

我告訴杉下，餐廳的其他人有能力協助外送服務，但很少有人能夠單獨勝任，所以因為排班的關係，有些日期不接受外送到府的預約。只要我把預約日期安排在其中一天，就可以預約到這個月的時間。

但因為只有我一個人服務，所以不能超過四人份。

真的嗎？她頓時喜出望外，問我哪一天可以。週六、週日應該不可能吧？其實，我預留了一天週六。

一月二十二日是我的生日。原本打算如果她今天說要答謝我教她將棋，我就鼓起勇氣約她。

「二十二日的星期六，可以嗎？」

這樣很好，我沒有生氣。「在我生日那天，要不要一起吃飯？」如果再繼續說這種話，就未免太得寸進尺了。杉下打開記事本，把二十二日圈了起來，然後又用手指著其他日期。

「那派對就決定在下週吧！成瀨，你哪一天有空？」

當時，我還以為是我的生日派對。

生日的一個星期前——以前我曾經注意過這個日子嗎？

這是我有生以來第一次買盆栽花。原本以為和她面對面坐著的桌子中央放一盆花，應該會有無比幸福的感覺，沒想到桌上放了一個電火鍋。

「今天要吃火鍋。」

她這麼對我說，然後將盆栽放在梳妝台上，我看了不禁暗爽。在寒冷的夜裡和她一起吃火鍋也很有幸福的味道，但我無法接受為什麼王子也來參一腳。

「我叫西崎，不好意思，上次沒有和你打招呼。」

不要一手拿著杯子，躺在暖爐桌下對我說話。我火冒三丈。

「對不起，我打工到傍晚才回來，還沒有準備好。冰箱裡有無酒精啤酒和葡萄酒，你先拿來喝吧！」

從某種意義上來說，她站在狹小的流理台前俐落切長蔥的背影令我心動，也令我感動，但我飢腸轆轆。中午時，我去外送服務，然後就直接來這裡了。

先喝啤酒……對了，蛋糕，蛋糕，先放進冰箱比較好。啊！慘了，早知道我應該用簡訊通知杉下，我已經買了蛋糕。算了，即使有兩個蛋糕也沒關係。

我打開冰箱，拿出無酒精啤酒，忍不住為自己的愚蠢妄想竊笑起來。冰箱裡沒有蛋糕，只有吐司麵包和瑪琪琳。我把裝在紙袋裡的蛋糕盒直接放進中間那一層。

有朋友要提早幫我慶生，我可以調班嗎？當我這麼拜託廣田先生時，他說，那蛋糕也那一天吃吧！於是今天特地幫我做了蛋糕。

他還說：我特地做了女生喜歡的蛋糕，加油囉！難怪很多女生喜歡在特別的日子到「夏堤耶．廣田」慶祝。等一下打開蛋糕盒時，不知道她會露出怎樣的表情。

也許我應該幫忙她準備。電火鍋旁放著味噌和木杓，我放下啤酒，把味噌抹在鍋子上。

牡蠣土手鍋。如果用砂鍋放在瓦斯爐上煮會更好吃。

「哦，我以為這是杉下的獨特吃法，原來你也知道。你們真不愧是同鄉，真不錯。」

西崎看著我的手說。我問他的老家在哪裡？他回答說，離這裡不遠。他一個人住在這麼破舊的公寓裡，我還以為他是外地人，不過，他那種遠離俗世的感覺的確很像離這裡不遠的人。

杉下拿著裝了滿滿蔬菜的盤子走進來。

「太厲害了，厚度都一樣，不愧是『漣漪』的小開。應該說，你和以前一樣，做事一絲不苟，從這種地方就可以看出個性。」

聽到這句話，不知為何西崎臉上露出奸笑。打開電火鍋的電源，把牡蠣和蔬菜放進去後，只要靜靜等待。

「成瀨，來開葡萄酒吧！既然你來參加我的派對，那就先來乾杯吧！」

西崎說。他的派對？他在說什麼？我搞不清楚狀況。杉下從冰箱裡拿出冰過的白葡萄酒交給西崎，他打開軟木塞後，煞有介事地倒在圓點圖案的杯子裡。

「恭賀西崎先生通過第七十八屆白樺文學獎的審核。」

杉下率先說完後，我們三個人乾了杯。

文學獎？所以，這才是今天派對的目的？仔細一想，才發現她根本不知道我的生日，因為我也不曉得她的生日。原來他得了文學獎。

王子太厲害了。

「成瀨，你平時看書嗎？」

「只有偶爾看而已。你得到白樺文學獎真了不起。啊！對了，上次得到芥川獎的人，之前也得過這個獎。」

「你知道得真清楚，你應該可以理解我的作品。為了紀念我們認識，這個送你。」

西崎滿心歡喜地說著，伸手從梳妝台上拿了一個牛皮紙信封遞給我。我接過信封，打開一看，裡面放了稿子，標題是〈灼熱鳥〉。現在是什麼情況？

他不理會我的困惑，打開《白樺》月刊對我說：「要先看這個。」

第七十八屆白樺文學獎預審合格者──〈貝殼〉，西崎真人。

從這個標題，不難想像就是上次杉下告訴我的那個故事，那種作品也能得獎？

──我暗自這麼想，但發現他只通過第一次預審。通過第二次預審的作者名字上都有一個圓圈，卻沒有出現在西崎的名字上。

明明沒得獎，還搞得像得獎一樣大肆慶祝……

鍋裡的湯汁煮沸了，味噌發出香噴噴的焦味，我們開始吃了起來。我要無視西崎，假裝和她兩個人吃火鍋。

「成瀨，牡蠣可以吃了。從來沒看過這麼小的牡蠣吧？」

她把牡蠣放進我的碗裡。太棒了，實在太美好了。

「成瀨，你是為誰而活？」

西崎突然插嘴問我。

「為誰？難道不是為自己嗎？」

「沒想到你高頭大馬的，原來還沒長大。但我也沒資格說大話，半年前，我也是為自己而活。應該說，是為自己追求文學。每次投稿落選，就痛恨那些看稿的陌生編輯，覺得他們不了解我的世界。現在才知道不能怪別人，因為自己的才華用在自己身上時，無法跨越自我的界限。眼前有一座搖搖欲墜的橋，過橋之後，或許是一片新天地，但未必值得你冒生命危險。在這種情況下，你會走過這座橋嗎？」

「嗯，很難說。」

「對吧？但如果杉下在橋的那一頭呢？而且她還大喊著你的名字，叫你過去救她呢？」

可能……會過去吧？但應該不會有這種狀況發生。我看著她，徵詢她的意見，她神情嚴肅地看著我。

「如果她叫我的話，我應該會過去。」

她燦然一笑。如果房裡只有我們兩個人，我們或許會牽起手……

「我沒說錯吧？成瀨。」

西崎拉著我的手，太噁心了。

「如今，終於有人在橋的那一端呼喚我。她是美的女神，簡直就是這世上所有美麗事物匯集而成的結晶。」

他腦筋沒問題吧？還是說，他是某個劇團的人，這是劇中的台詞？我希望聽到有人這麼說，但杉下頻頻點頭，似乎在表示：「我能理解，我能理解。」

「杉下固然不錯，但如果我和杉下兩個人分別站在搖搖欲墜的橋兩端，應該是杉下有勇氣走過來吧？可是，杉下不會過來。為什麼？因為我的文學，應該說，我本身的目標和她的目標不同。但是『美的女神』不一樣，她無法從橋的那一端走過來，然而，她在向我求助。這是我第一次為別人而寫，寫出來的作品就是〈貝殼〉，當我走過橋後，將可以看到別人的評價。」

評價？不是只有通過第一次預審而已嗎？

「你或許覺得我只不過才通過第一次預審而已。」

他懂讀心術嗎？

「但是，這是我的一大步。只要她陪伴在我身旁，我就可以不斷攀登高峰……可惜啊……」

西崎突然站了起來，站在窗邊，雙手拉開窗簾。

窗外是一片高樓的夜景。對哦，這裡是東京。

「那棟最高的房子，不，那是壞國王支配的高塔。」

西崎伸出手指。

「你聽過『長髮公主』的故事嗎？現在，我的女神就像故事中的公主一樣，被囚禁在從上面數下來第四個樓層的房間裡。我想把她營救出來，所以，我需要你的協助。」

什麼意思？

「西崎，如果不說得清楚一點，成瀨聽不懂啦！」

杉下繼續說了下去。原來我並不是受邀參加通過第一次預審的慶功派對而已。

簡單地說，就是西崎愛上了有夫之婦。

住在塔頂的是在一流貿易公司工作的野口貴弘先生和他的太太奈央子。即使在貿易公司工作，充其量也只是上班族，能夠住進這種豪宅，實在太了不起了。一問之下，我才知道是野口先生的老家財力雄厚。

我以為小開（？）夫人和西崎相愛的故事，只是西崎的妄想，但得知杉下也認識野口夫妻，所以只好相信了。

杉下是去沖繩參加潛水時，藉由將棋認識了野口夫妻。雖然她無緣結識阿拉伯富豪，但果真靠將棋認識了上流社會的人，太令人驚訝了。

有一次杉下不在家，奈央子上門找她時，和西崎相識。西崎嚷嚷著「邂逅了女神」這種莫名其妙的話，開始和她約會。但他們約會不超過五次，就被她老公察覺了異狀。

她老公就是壞國王。

聽杉下說，國王看似爽朗快活，其實是嫉妒心很強的人。國王聲稱自己關心不慎流產的太太，但那次之後，開始囚禁公主。

在二十一世紀這個時代，為了避免公主與其他男人接觸，國王居然沒收了她的手機、電腦和家用電話，還在門的外側裝了門鏈，在國王外出期間，公主無法踏出那道門一步。

聽西崎說，國王還對公主施暴。

即使果真如此，也是因他們外遇而起，他們有錯在先。西崎原本說服自己放棄公主，但在一牆之隔的家中聽到杉下和朋友聊起野口夫婦的事，坐立難安，最後向杉下坦承了和公主之間的關係，尋求她的協助。

他們計畫將公主從高塔中營救出來，但是，高塔戒備森嚴，大廳有櫃檯小姐和保全人員。聽杉下說，即使告訴櫃檯人員「要找奈央子」，在國王出門期間，櫃檯人員都不會幫她通報。只有國王在家的時候，才能上樓去他們家裡。這麼一來，想要營救公主也無計可施了。

就在這時，杉下從我口中得知「夏堤耶．廣田」外送到府服務的事。她向西崎提議，能不能妥善利用？於是，他們今天把我找來這裡。杉下從同學會那天開始就對我特別友善，原來是為了這個目的。

在我上次來這裡的三天後，接到了野口先生的預約電話，他說要預約二十二日，我吞吞吐吐地回答，那天已經有人預約了，他說是杉下介紹的。當他說要訂四人份時，我還納悶他們到底是什麼關係，原來是這麼一回事。

什麼狗屁派對！

他們的確想慶祝通過第一次預審這件事，因為西崎覺得通過第一次預審，等於讓他重新認識到公主的存在意義。但是，這些都不關我的事。

「成瀨，真不好意思，拜託你了。」

看到杉下這麼拜託，我只能無奈地點頭。

西崎說：「我由衷地感謝你。」然後遞給我一張類似時間表的東西。原本的計畫是，他和我一起假裝是「夏堤耶・廣田」的服務生，當我在飯廳做準備工作時，他伺機把公主帶走。但是公主打電話給西崎，要求他假裝是花店店員上門，所以計畫變更了。國王的家裡有一個隔音設備理想的書房，杉下在那裡和國王下棋牽制他，由西崎把公主帶走。

我的工作或許已經完成了，但為了以防萬一，要在西崎帶走公主後進一步牽制國王，以免國王追出去。或是當西崎失敗時，由我帶公主離開。

「啊？我帶她離開？」

我不需要做到這個地步吧？但西崎傲慢地把手放在我肩上說：「只是以防萬一。」我分不清他是開玩笑還是認真的。

我協助他們做這件事不會惹麻煩嗎？

時間表上寫著「過吊橋計畫」，這根本就是B級喜劇嘛！的確，如果今天不開慶功宴，西崎以後恐怕很難再有機會為文學慶祝了。即使如此……

我真的要協助他們進行這件事嗎？這張時間表未免太粗糙了。

五點半，杉下進入高塔。

六點，西崎假裝是花店店員，帶公主離開。

七點，「夏堤耶・廣田」抵達。後續。

他們是認真的嗎？

「他訂了四人份的餐點，還有其他幫手嗎？」

「我們共同的朋友安藤會一起吃飯，但安藤不知情，和這個計畫無關。上次你不是說，你一個人外送時，最多只能送四人份嗎？一開始原本打算讓西崎偽裝成餐廳服務生，比起三個人吃飯，四個人有兩名服務生服務比較不會引起野口先生的懷疑，所以才決定邀安藤加入。」

杉下說明。既然如此，為什麼不在上次就告訴我計畫的事？他們原本可能不打算讓我知道計畫的內容，況且，西崎已經不需要假扮成餐廳服務生了。但可能擔心只有他們兩個人不太可靠，所以才找看起來無害的我協助。應該就是這麼一回事。

別擔心，他欠我一分人情——也許杉下還這麼說。

「即使順利帶她離開了，你之後有什麼打算？要把她藏在這棟公寓裡嗎？」

「先把她帶來這裡，之後再和她商量要怎麼辦，也可以和她逃去一個陌生的城市。」

西崎說。他的話未免太天真了，生存是一件很辛苦的事。我知道即使我對他這麼說，也沒有說服力。假設我是公主，即使被關在高塔上，如果前來營救的王子是這種貨色，我也絕對不會跟他走。

我更期待看到計畫成功後，王子和公主會有怎樣的結局。

當杉下再度低頭拜託，我答應協助後，西崎心情大好地回去了自己的房間。

「對不起。你別看西崎那樣，他是真心的，我也想救奈央子。真的很對不起。」

即使她這麼說，我仍然覺得是為了利用我在演戲。明知如此，我也不敢表現出強勢的態度。

「妳不用道歉，聽起來很有趣。」

聽我這麼說，她開心地笑了。

收拾好碗筷後，我就無事可做，差不多該回去了。她不可能要求我留宿，不，應該更希望我早點離開吧！我無所事事地坐進暖爐桌時，她用馬克杯倒了兩杯咖啡走進房裡。我不敢告訴她冰箱裡有蛋糕。

她坐在我對面，因為我們伸直了腿，所以她的腳尖抵到了我的膝蓋。

「對不起，我家只有暖爐桌。把電火鍋收起來後，好像突然很冷。」

說著，她雙手捧起馬克杯取暖，「呼、呼」地對著杯子吹氣。雖然我對我們兩個人坐在這裡的理由還無法釋懷，但在寒冷的冬夜，有人和自己面對面坐在一起喝著熱咖啡的感覺還不壞。呼嘯的風吹得玻璃窗答答作響，窗簾被西崎拉開後，仍然敞開在那裡。

當年在小島上時，最難以想像的就是眼前的那片高樓。而且，東京鐵塔比島上最高的青景山更高。

不知道從最頂樓俯瞰地面是怎樣的感覺，會覺得自己擁有全世界嗎？但住在那棟房子裡的那對夫妻似乎並不幸福。

話說回來，即使樓層再高，我也感受不到大廈的價值。無論再怎麼寬敞，再怎麼美輪美奐，也只是空間而已。如果想要俯瞰美麗的夜景，只要去有展望台的高樓付一千圓門票就可以看到了。

我追求的是可以在地上扎根的地方，即使空間狹小也無妨。像「夏堤耶．廣田」那樣的、像「漣漪」那樣的，可以和心愛的人面對面共享幸福時光的空間。

我曾經希望一起共享這個空間的人近在咫尺，只要一伸手就可以碰觸到。雖然這裡是破舊不堪的公寓，但仍然令人感到幸福無比。

抬頭一看，發現杉下也仰望著那片高樓。也許我們在想著同一件事。

「——吧？」

「啊？」

「你該不會覺得這樣就很幸福了吧？」

「那妳呢？」

「我……還不滿意。以前在小島上時，覺得只要離開那裡，人生就會改變。只要離開那裡，我父親的情婦那些事就和我無關了。我不希望在一無所有的地方，不努力爭取幸福，卻假裝幸福，更不願意在那麼狹小的世界裡結束自己的人生。但為什麼大家可以過得這麼開心？我常常想不通，難道沒有人感到窒息嗎？我拚命尋找志同道合的人，直到遇見你之後，我才覺得終於找到了知音。」

「……我？」

的確，那時候，我們的想法相同。

「但是，你內心的想法並非僅此而已。當你目不轉睛地看著『漣漪』被火舌吞噬時，看起來好堅強，但又好脆弱。想到你是下了很大的決心才能付諸行動，就覺得自己也想一起被吞噬，所以我撒了謊，說你和我在一起。」

等一下。杉下真的以為是我縱火嗎？而且，她的語氣十分肯定。

「當初我去鎮公所拿獎學金的申請書，就是要給你的，因為你比我更不願意繼續留在那座島上，絕對會比我更加成功，放棄升學實在太可惜了。但是，我不知道拿給你的時候該說什麼，最後變成用那種方法交給你，真對不起。你一直為這件事耿耿於懷吧！我對我們都順利離開了小島感到滿意。然而，雖然離開了小島，但這棟公寓是怎麼回事？這種生活又是怎麼一回事？根本和在島上的時候沒什麼兩樣。因為我還是學生，所以拚命告訴自己沒關係。但是，如果有機會，我要向那些擁有我所沒有的東西的人展開反擊，我要以此作為跳板，讓自己爬得更高。」

她再度仰望著那片高樓，我也仰望著。

「你之前說你想離開小島，淹沒在人群中，但我認為你即使來到都市裡，也不可能淹沒在人群中。這或許會讓你活得很累，可是我相信，有朝一日，你可以更上一層樓。你必須完成那個目標，然後才能由衷地感到喝咖啡是一種幸福。如果還沒有達到那個目標就說這種話，那只是藉口而已。我希望再一次見到那一天的你，然後，一直和你在一起。這件事不是為了協助西崎，而是為了你自己去做。」

的確，無論這個房間，還是我的公寓、日常生活，都不是以前在小島時所描繪的東京、所想像的都市。即使就這樣回小島上找一份工作，也只是回到以前的自己。並不是離開島上就萬事大吉了，但是如果不離開小島，就無法了解這一點。帶我離開小島的她，想再度帶我前往另一個遙遠的地方，而且這一次，我們將並肩同行。如果說，協助婚外情的私奔是慶典前的祭典，那不就代表是一場愉快的盛會嗎？

一月二十二日——我二十二歲生日那一天，終於到了採取行動的日子。這一天，我有一大半的時間都無所事事，直到下午三點之後才開始行動。出門前，我收到了杉下寄來的簡訊，但並不是為了叮嚀我有關計畫的事。

生日快樂。杉下在翌日早上才在冰箱裡發現了蛋糕，因為廣田先生在蛋糕上寫了HAPPY BIRTHDAY。她滿懷歉意地問我為什麼不早說，所幸並沒有因此造成尷尬的氣氛。

我想是因為我們都隱約覺得，未來的路還很長。

下午四點到餐廳後，我開始做外送的準備。很久沒有去第一次上門的客人家了，必須仔細確認地圖和停車場。「天空玫瑰花園」，從餐廳開車過去，二十分鐘就足夠了。看了地圖後，發現離杉下的公寓很近。

那天晚上，我以為西崎和杉下只是漠然地看著那一片高樓說那些話，但也許他們是看著我即將前往的大廈。

要去營救被壞國王囚禁在高塔裡的可憐公主，是這樣嗎？

我把裝了菜餚的保溫容器放在餐廳的推車上，六點半離開了餐廳。

從大馬路駛入單行道後，很快就發現了我要找的大廈。前方有一道門，彷彿張開的血盆大口，那裡應該是住戶的地下停車場。訂購單的停車場欄內寫著：訪客用停車場在正門前。

我以前曾經去一位住大廈的客人家外送，結果住家和停車場離得很遠，之後，我就不太願意接大廈的單子，但這裡應該沒問題。我在離大門最近的車位停好車子，拿出摺疊式推車，慢慢把東西搬下來，接著又確認了時間。

六點四十八分，時間剛剛好。走過自動門後，立刻有一個像是飯店般的櫃檯。雖然是客人訂的餐，但還是無法直接送上樓。

我出示預訂單給櫃檯小姐看，請她幫我通報野口家。

杉下應該已經到了。不知道西崎怎麼樣？如果他已經牽著公主的手離開這裡，應該不可能這麼平靜。想到這點，我的心情不免沉重起來。

他們要求我拍下裝在門外的門鏈。一旦失敗了，如果對方報警而遭到訊問時，照片可以做為囚禁的證據。

我拿出放在餐廳制服白色上衣口袋裡的手機。在客人用餐前必須關掉手機，因為不能破壞客人的美好時光。

雖然暗自期待著可以收到杉下的簡訊，告訴我「西崎失敗，正常用餐」，這分期待卻落空了。在確認簡訊和來電記錄時，也可以聽到櫃檯小姐手上話筒中傳來的電話鈴聲，她掛上了電話。難道規定鈴聲響二、三十次後，如果住戶還不接，就要先掛掉嗎？

「等一下再幫你通報。」

這怎麼行？沒有人接電話是怎麼回事？

難道西崎的作戰成功，已經帶走公主，國王和杉下仍然在書房裡下將棋嗎？果真如此的話就該三呼萬歲了。但如果他正想把公主帶走時被國王發現，雙方大打出手……杉下沒事吧？

正當我感到不安時，隱約聽到的電話鈴聲斷了。「誰啊？」電話中傳來一個男人的聲音，又聽到他說「取消」。是國王的聲音嗎？不，似乎更像西崎。總之，現在根本無暇吃飯，但樓上到底是什麼狀況？

我請櫃檯小姐再幫我通報一次。這一次很快就接通了，但櫃檯小姐把話筒遞給我。怎麼回事？我納悶地接過電話。

「成瀨，是你吧？救救我！」

是杉下的聲音。我把話筒丟在櫃檯就衝向電梯。發生了什麼事？發生了什麼事？

來到野口家門前，在按門鈴的同時，我另一隻手已經先握住門把。門沒鎖，我打開幾公分後頓了一下，然後焦急地把門完全打開，看到紅玫瑰花掉了一地。

發生了什麼事？我看著被踩爛的花束，杉下從靠門的房間走了出來。

「成瀨……出事了。」

她低吟後，又走回去剛才的房間。我完全搞不清楚狀況，跟著杉下走了進去，發現西崎站在房間深處，他的腳下躺著兩個人——

趴在地上的那個人是野口先生嗎？後方仰躺在地上的是奈央子嗎？他們死了嗎？野口先生的後腦勺流著血，有一個銀燭台倒在他腳邊。

到底發生了什麼事？

「計畫失敗了。」西崎無力地說。

「對不起。」杉下小聲地嘀咕。

「到底發生了什麼事？」

我望著杉下。她說：「我也不知道，我一直在裡面的隔音書房裡。」她帶我和西崎到了書房外，輪流走進書房，確認完全聽不到外面的聲音。之後，西崎告訴我們他進門後的情況。

雖說那個暴力老公突然撲了上來，但最後死了兩個人，而且，其中一個人還是死於西崎之手。如果這樣報警，說出真相，不會有問題嗎？

我們三個人計畫帶奈央子離開這裡，卻沒有想過萬一發生最糟糕的情況該怎麼辦——這樣行得通嗎？絕對不能提「計畫」這兩個字。

「就如實說出發生的事，但不能提我們三個人事先計畫好了。我們只是偶然在這裡遇到。我和杉下自從同學會後，就沒有再見過面。我第一次見到西崎。杉下不知道西崎認識奈央子，只是提議今天的餐會，受到邀請而已。西崎獨自計畫帶奈央子離開這裡——沒問題嗎？」

他們兩個人點頭。只要咬住這一點，其他部分就實話實說。

再度確認後，我報了警。

不可思議的是，我們三個人的證詞沒有任何出入。

報警後，有一個姓安藤的傢伙出現了，但警察幾乎也在同時現身。結果，我和安藤沒有說到一句話，幸好他並沒有參與這個計畫。

西崎被判刑之後，我和杉下沒有單獨見過面。

這時，我似乎才終於體會到她在火災後刻意避開我的原因。我太愚蠢了，四年多來，一直以為她是為獎學金的事懷恨在心。她才不是這麼小心眼的人。

她刻意避開我，是為了避免周圍的人認為她為了袒護我而說謊。當我眼睜睜地看著心中重要的地方付之一炬時，不知道她是怎麼看我的，但我相信那個時候，她對我有一點點動心。

我希望她按四次自動鉛筆想要說的是「我喜歡你」，這樣就足夠了。

在十年前的事件中，我的確說了謊。除了和西崎、杉下串通的事以外，我在另外兩件事上也說了謊。第一件事，是我來到野口家門前時，門的外側用門鏈鎖住了。另一件事不算說謊，我只是沒有講出來。

這只是我的臆測。野口先生倒在地上時，他身旁的確有一個沾滿鮮血的燭台。西崎說，他用燭台打了野口的後腦勺，警方也沒有懷疑，但是……

西崎殺了一個人，但法官對他的量刑比原先想像的更輕，也許要歸功於那個傢伙——在命案那天最後現身的安藤為西崎積極奔走。

西崎身上有無數年幼時遭到虐待的疤痕，最嚴重的是燙傷疤痕。我覺得和西崎寫的〈灼熱鳥〉不謀而合，於是，我打開了西崎送我的稿子。

我在讀的時候，當然不會膚淺地認為小說的主人翁完全等同於作者，也不覺得所有內容都在寫西崎，只是有一部分是他的寫照。從這微乎其微的部分推測，西崎對火極其害怕，因此看到瓦斯爐上在煮洋芋燉肉，就立刻逃走。所以，他對蠟燭應該也有相同的恐懼，更何況是放在銀燭台上的蠟燭。

雖說是一時衝動，但內心有這種恐懼的人會拿起燭台嗎？如果我沒記錯，同一個地方還放了一個形狀相同的銀花瓶，照理說，他不是應該拿花瓶嗎？

若果真如此，那是誰拿起了燭台。是奈央子嗎？

當野口先生撲向西崎時，奈央子對著他的後腦勺敲下致命一擊。而在那之後，又是誰殺了奈央子？西崎嗎？如果只有他們三個人，當然順理成章，問題是杉下也在場。

我一直都在書房裡。報警之前，她還帶我們去看了書房，但她為什麼沒有牽制野口先生？書房裡將棋盤上的棋子位置，和她在同學會那天交給我的便條紙上所寫的棋譜完全相同。既然她一開始就知道如何反敗為勝，應該可以控制局面。

她真的一直在書房裡嗎？

如果我問她，她會實話實說嗎？

假設她當時說了謊，顯然和火災那時不同，並不是為了保護我。那麼，她是為了誰？做了什麼？又隱瞞了什麼？

我不敢直接問她，決定先問其他人。我的這種態度也許和以前一樣窩囊。

好不容易開了一家小餐廳，相隔十年，有能力邀她來吃飯，卻是這樣的結局。

第三章

〈灼熱鳥〉

當我有意識時，已經和這對男女一起住在這個房間裡了。

放在寬敞房間角落的籠子是我的容身之處，在這裡只能看到用淡紫色簾子圍起來的床。

在那天之前，我從來沒有看過任何憑自我意志行動的東西，以為自己是和他們有著相同外形的同種類動物，但是，我從未為此感到高興。

男人又黑又高大，女人又白又嬌小。從外表來看，男人比較強悍，但每次都是男人發出痛苦的聲音。

我愛妳，我愛妳。

我不知道簾子內發生了什麼事，聽著男人聲嘶力竭的聲音，我思考著這句話的意思。

我愛妳。這句話是什麼意思？我一直想，一直想，卻仍然毫無頭緒。一定是因為我生活在和「我愛妳」無緣的世界。除了吃女人給我的三餐以外，心情好的時候唱歌，其他時間都在睡覺。這種生活不可能和「我愛妳」有任何交集。

因為，我從來沒有發出像那個男人般的痛苦聲音。

那天，女人把籠子拿到窗邊讓我曬太陽。一開始，刺眼的陽光使我張不開眼，我希望回到原來的地方，不久，身體被溫暖的空氣包圍時，漸漸產生了舒服的感覺。當雙眼逐漸適應後，發現外面的風景很美好。
窗外充滿了繽紛的色彩，不時還可以看到會動的東西。
「外面很美吧！這個世界都是你的。」
女人站在窗邊對我說。
「好美。」
我回答。女人面帶微笑地對我說：「你不必害怕。」有時候，我懷疑女人聽不懂我講的話，我覺得很無趣，但總比像男人那樣發出尖叫聲好多了。
女人仰望著窗外。
「天空中有鳥兒在飛。」
那種動物張開雙手，穿越天空。原來那是鳥兒。我看著自己的手，白白的小手。每次看著眼前的男人和女人時，我總是納悶為什麼只有自己這麼小。原來我們是不同的動物。
我是鳥兒。
女人回頭看著男人。
「你知道我如果有來生，想變成什麼嗎？」
靠在房間中央皮沙發上打瞌睡的男人跳了起來，坐直了身體。
「什麼如果有來生，說這種話多不吉利。」
他緊張地換了雙腿的姿勢。

「我又沒有說是現在，但是，人早晚會死，我是說死了以後。你這麼愛我，當然知道吧？」

女人露出滿臉笑容，男人用力吞了一口口水。

「當然。妳……想要當鳥吧？」

「我就知道！」

女人尖叫起來，臉上的笑容頓時消失了。男人的表情也凍結了。

「不是……嗎？」

「我就知道你根本不愛我，只是假裝愛我而已。」

女人離開窗邊，向男人逼近。她跪在男人的腿上，雙手夾住他的臉。

「你別想騙我。」

「妳為什麼說這種話？我愛妳，我已經說了幾百、幾千次，妳為什麼不相信？妳想要的，我已經統統給妳了。我拋棄了家庭，也捨棄了名譽，還答應把所有財產都給妳。」

「即使這樣，你的肉體也不會感受到疼痛。我為了你，忍受了好像全身撕裂般的疼痛。」

「我很感激妳，發自內心地感激妳……我愛妳。」

「那就證明給我看。」

「妳希望我這麼做嗎？」

「對，我發自內心希望你這麼做。」

「如果這樣可以讓妳相信的話。」

男人靠在沙發上，把自己的身體交給了女人。女人解開男人襯衫的每一顆釦子，露出男人黝黑的胸膛。男人的胸前是紫黑色的馬賽克圖案。

我一看到男人的胸膛，立刻覺得奇醜無比。女人瞇起眼睛，用指尖仔細撫摸著那圖案，彷彿在欣賞藝術作品。

當她全部撫摸完後，從脫下的男人襯衫口袋裡拿出打火機，點亮了玻璃茶几上，豎在銀燭台上的紅色蠟燭。

紅色的火光搖曳，蠟燭漸漸融化了。女人連同燭台一起拿了起來，滴在男人胸前沒有馬賽克圖案的地方。

男人扭曲著臉，發出痛苦的聲音。

然後，說出了我熟悉的話——

我愛妳。我愛妳。我愛妳。我愛妳。

「我也愛你，我發自內心深愛著你。」

她放下燭台，用潔白的門牙和紅色的舌頭掀開在男人胸膛上凝固的紅蠟，一次又一次地說：「我愛你。」

原來這就是「我愛你」。原來他們每天在簾子內都在做這樣的事。我覺得這種行為和舒服無緣，但他們為什麼都渴望「我愛你」或「我愛妳」？在這個世界上生存，需要「我愛你」嗎？

因為我是鳥兒，所以才難以理解嗎？

當我稍微長大後，女人把我從籠子裡放了出來。雖然我晚上仍然被關進籠子裡，但她允許我坐在桌旁吃飯，也可以自由在房內走來走去。所以，當「我愛妳」開始時，我就會躲在床的角落裡，不想看他們在做什麼。

我記得差不多在這個時間，男人消失了。

我去買菸。那天早上，男人出門前留下這句話。

那天晚上，女人拿著銀燭台，猶如颱風肆虐般推倒、破壞房間內的東西。玻璃茶几裂開了，淡紫色的簾子被撕得支離破碎。我躲在籠子一角，屏氣凝神地看著這一切。我祈禱男人趕快回來，平息這場風暴，但我預感到如果男人回來，會發生更可怕的事，所以漸漸地，我開始在內心祈禱：「快逃，快逃吧！」

持續了一整晚的暴風雨之後，變成了連綿細雨，女人躺在床上無聲地啜泣，也許是因為她叫了太多次男人的名字，把喉嚨叫啞了。時序正進入秋季，窗外也下著彷彿永遠不會停歇的冰冷雨滴。

雨一直持續到翌日早晨。安靜的房內聽到的雨聲和從窗戶灑入的柔和光線，讓我從淺眠中醒來，發現肚子餓了。那時候，我已經可以用言語和女人溝通了，告訴她我肚子餓了並不是一件困難的事。

「我要吃飯。」

只要我這麼說，女人就會喜孜孜地把飯端上來，通常在我開口之前，她就已經準備好了。

但是，那時候我無法那麼做，因為隔著撕破的簾子，可以看到女人的背仍然在顫抖。女人穿了一件藍色蠶絲襯衫，襯衫的光澤隨著她後背的顫抖微微起伏著。悲傷的舞步。我看著她的背影，忍耐著飢餓。

第二天天亮時，我才終於進食。當我因為口渴和飢餓想要嘔吐，痛苦得視野開始模糊時，籠子的門打開了。

「對不起。」

她說著遞給我一杯水。我大口喝了起來。

女人用濕手帕捂著紅腫的眼皮。她一定忘了我，只是起床冰敷眼皮時，順便想起了我。但是，如果女人也和男人一樣離開這個家……

這時，我才發現這個女人是我賴以為生的依靠。

女人用哭腫的眼看我大口吃著三天來的第一頓飯。

「好漂亮，真的好漂亮。」

她在說我嗎？男人經常對女人說「漂亮」這兩個字，但女人有時候也會講，她會看著男人送她的花或小石頭說這句話。我或許也是男人送給她的禮物。

「你愛我嗎？」

她向來只對男人說這句話，但是，如今家裡只剩下我和她。她第一次對我說這句話令我困惑，但我還是趕快吞下嘴裡的食物，回答了她。

「我愛妳。」

我第一次說這句話，她聽得懂嗎？我不安地看著女人，她瞇起那雙腫得只剩下一半的眼睛，露出滿意的表情。太好了，她聽懂了。

「好了，好了，你不用那麼急著回答。如果不把飯粒吞下去會卡住喉嚨，來，多吃點，也可以再添飯。今天我做的都是你喜歡吃的菜。」

女人撫摸著我的頭，我慢慢喝水，感受著來不及充分咀嚼、卡在喉嚨的飯粒流入體內，覺得這樣很好。

我親眼看過當女人問：「你愛我嗎？」男人只要回答稍有遲疑，會發生怎樣的結果。銀燭台就滾落在床下，為了避免女人把蠟燭插在燭台上，點火燒身，必須立刻回答她的問話。

如此一來，女人就會變得無限溫柔。

但是，必須小心「你愛我嗎？」以外的問題。無論回答得再及時，如果不是女人想要的回答，她就會立刻大聲叫喊，要求「證明給我看」，開始備火。

我以前就隱約知道女人想要的答案。當我聽到男人小心翼翼地字斟句酌著說出答案時，曾經數度感到失望，「唉！又答錯了。」我甚至懷疑男人連這麼簡單的答案都不知道，該不會是他喜歡被火烤，故意說錯答案吧！

我唯一擔心的，就是她能不能聽懂我說的每一句話。

男人離開的幾天後，女人把我放出籠子，我睡在她身旁。

被撕爛的淡紫色簾子已經換上了新的淡藍色簾子，她也特地為我準備了柔軟的枕頭。

第一天睡在女人身旁，女人用指尖撫摸著我的身體，讓我先入睡時還沒有問題，但我很擔心睡著時，會被女人的背壓死，在半夢半醒的狀態下迎接了天亮。然而，看到女人維持著和上床時相同的姿勢躺在那裡，讓我幾乎懷疑她是不是死了。翌日之後，我就能夠安心入睡了。

我睡在女人身旁、吃飯，當她問：「你愛我嗎？」時，毫不猶豫地回答：「我愛妳。」在聽音樂時，當她問我：「你喜歡哪一首曲子？」時，我回答：「第三首。」她說：「我也是。」瞇起眼睛撫摸我的頭。

這樣的日子一天又一天地持續著。

剛離開籠子時曾經覺得寬敞的房間，漸漸令我感到狹小。女人偶爾會外出，但從來不帶我出門。

「這個家以外的地方充滿了醜陋的東西，你不可以去看那種東西，你在家裡等我回來。」

她說完就鎖上門離開了。我身材矮小，也沒有力氣，不要說沒辦法打開門鎖了，甚至無法轉動門把。如果窗戶打開，我這隻鳥可以飛去外面，但女人出門時會把窗戶也鎖起來。即使她在家時，也禁止我獨自走到窗邊。

「這裡很高，如果你掉下去就完了。」

雖然我覺得我是鳥，不會有危險，但還是默默點頭。因為即使當他們滿臉笑容地依偎在一起時，只要男人否定女人說的話，就會立刻被火舌吻身。

天上的星星和地下的星星，我覺得地上的星星更美——當時女人這麼講。男人只是回應說，我覺得天上的星星更浪漫。

我並不是那麼想出門，更不願意為了出門付出火吻的代價。即使在房間中央，也可以看到外面。然而，一片蔚藍的天空是另一個世界，我告訴自己，那是為了遮蓋所有醜陋的東西而掛在窗外的簾子。

那天晚上，一陣顫慄貫穿了我的背脊。我從睡夢中驚醒。

睡著時向來一動也不動的女人從被子內側伸過手，撫摸著我的身體。這並不是她第一次撫摸我。在讓我入睡時，在聽音樂時，在沒有特別的事、只要她心情特別好時，女人都會撫摸我的頭，我並不討厭她那樣的撫摸。

但是不知道為什麼，她那時候觸摸的地方起了雞皮疙瘩，我不假思索地撥開了她的手。

「怎麼回事？」

她低聲呢喃。慘了。我閃過這個念頭，但為時已晚。

「怎麼回事?你不是愛我嗎?」

女人搖搖晃晃地坐了起來,掀開被子,雙手按住我的胸口。

「我愛妳。」

我無法呼吸,斷斷續續說出的話已經無法傳入她的耳朵。

「你想說這種話減輕痛苦也是徒勞,你這個騙子。如果你不愛我,一開始就可以說清楚。還是你故意騙我、背叛我來折磨我嗎?那你給我滾出去,你可以去找那個男人。」

女人叫我滾,卻用全身的力氣,雙手更用力地壓我的胸口。如果我打算離開,她一定會殺了我。我閃過這個念頭。

那個男人還活著嗎?

「我愛妳。我愛妳。我愛妳。」

我放聲大叫著,彷彿這是解除痛苦的咒語。溫熱的液體流出眼眶。在此之前,我以為只有女人的眼睛會流淚。

原來鳥也會流淚。

女人的手離開了我的胸口。

「對不起,我是不是讓你感到難過?」

當我用力呼吸後,緩緩地看著女人。她也流著淚,但是,我不認為我的淚水和她的眼淚是相同的。我的淚水是恐懼。她用指尖為我擦去淚水。

「我問你，你愛我嗎？」

「我愛妳。」

在女人的「嗎」還沒有說完時，我就趕緊回答。

「真高興，但是你光用嘴巴說，我已經無法相信了——你要證明給我看。」

她要用火來證明。我掙脫女人的手，躲到了床下。

「我饒不了你！」

女人尖聲大叫，探頭看著床下，想要把我拖出來。但床下的縫隙太小，女人無法進來，也沒有力氣抬起沉重的床。她從床的四周伸手，卻無法觸碰到躲在大床中間的我。

我渾身顫抖著。

女人大叫著：「我饒不了你！」雙手用力拍床。我很了解，即使她拍一整個晚上也不會累。床下滿是灰塵，無法順暢呼吸，我被嗆到了，但是為了擺脫恐懼，我只能睡在床下。我閉上眼睛，捂住耳朵。

我希望這一切都是夢，希望醒來時，像平常一樣躺在柔軟的床上。身旁那個女人維持和上床時相同的姿勢沉睡著。我希望可以這樣，我祈禱會是這樣——

事情當然不可能這麼圓滿。天亮了，我帶著祈禱的心情慢慢張開眼睛，立刻和女人四目相接。她的雙眼佈滿血絲。她一整晚都看著床下嗎？還是察覺到我醒來了？

女人嫣然一笑。

「早安，你睡得很熟，現在是不是可以證明給我看？」

如果不證明給她看，應該無法得到她的原諒。即使我再度閉上眼睛，也無法改變任何事。

她會用火刑伺候，還是會殺了我？

我選擇抹殺自己的心，變成一隻沒有感情的鳥。

你愛我的證據比我想像中更美。

那個皮膚黝黑的男人身上留下了紫黑色的燙痕，但你的白淨皮膚上會出現紅色的燙痕，你看，這個還是心形的。當你全身都留下愛我的證據時，我才願意相信你對我的愛是真心的。

烙在白淨身體上的醜陋燙痕數量並不是愛的證明，而是鳥兒吃飯的次數。鳥兒提供愛的證明，向女人交換三餐。當空腹達到極限時，鳥兒基於生存的本能，跳入女人準備的火中。

只有灼熱的火焰中才有生存。

糧食在烤箱內。

這個世界上，還有比為了生存、為了飼料，憑著自我意志跳進烤箱中的鳥兒更愚蠢的動物嗎？不，比起慢慢地一寸一寸灼燒，也許在烤箱內，在轉眼之間被烤熟更幸福。

還要再燒幾個地方，才能擺脫灼熱的地獄？那個時候，鳥兒還活著嗎？

解脫的日子突然來臨。

男人回來了。男人跪地磕頭，向女人乞求繼續愛他。鳥兒用毛毯裹住身體，躲在房間一角靜觀其變。

男人為什麼又回來？鳥兒完全無法理解，難道他忘了火焰的灼熱嗎？

然而，無論男人說什麼，女人都不願意接受，甚至不看他一眼，也不理會他。

「我愛妳，我愛妳，我愛妳。趕快叫我證明給妳看，如果妳不說——」

男人把紅色蠟燭插進桌上的燭台，點了火。他把一隻手放在火上，確認火焰的溫度，然後拿起燭台——壓向背對著他的女人臉頰。

女人發出慘叫聲，當場倒在地上。到底發生了什麼事？已經抹殺了自己內心的鳥兒只知道女人的心已死。

男人抱起了女人。

「從今以後，這個世界上只有我能夠愛妳。不，以後輪到妳愛我了。趕快告訴我，妳愛我，而且證明給我看，只要妳這麼做，我就可以發自內心地愛妳。」

男人讓女人躺在床上後，走向鳥兒。他輕輕掀開鳥兒裹著身體的毛毯，倒吸了一口氣。鳥兒渾身都是紅色馬賽克。

「對不起，全都怪我。我無法承受她的愛，只能放棄，沒想到處罰落在你身上。」

男人流著淚，緊緊抱著鳥兒。

「從今天開始，你自由了，你可以去任何你喜歡的地方，然後忘了我們。但是，千萬不要以為自己被拋棄了，因為你是兩個追求極致愛情的男人和女人生下的孩子，那種愚蠢的行為不是愛的證明，你才是。」

然而，無論男人說得再多，鳥兒也無法理解他的話。他飢餓難耐，卻找不到可以跳入的灼熱地獄。

我要死了嗎？

灼熱鳥放聲大叫著：

我愛妳。我愛妳。我愛妳。我愛妳。我愛妳——

*

五十二層樓大廈頂樓的酒吧位於離地兩百公尺的高度。但是，無論站在再高的地方，只要有東西擋住視野，就無法認為自己的腳下通往世界的盡頭。告訴我這句話的人此刻正在四個樓層下方的狹小密閉空間內，坐在將棋盤前。

為了野口貴弘。

如果我沒有在「野原莊」度過學生時代，我一定會發自內心地尊敬他。成功者需要百分之五的才華和百分之九十五的努力，要以久經磨練的能力為武器，在任何時候都正面迎戰。周圍那些能力差的人都是讓自己走向成功的棋子，只有不惜努力的人才能自如地操控這些人，開拓世界。

我希望成為這樣的人。

從我懂事的時候開始，就發現自己的能力比周圍的人更優秀。島上有些老人稱我為「神童」，但我知道這並非事實。

我的能力並非天賜，而是努力的結果。

我無論在課業還是運動能力方面都不輸給任何一個同學，但我並沒有由此感到滿足。即使在鄉下公立學校的考試中名列前茅又怎樣？即使是足球隊球員又怎樣？只有對未來有幫助，我的努力才值得。

但是，在人口不到三千人的小島上，無法得知努力獲得的成功可以把我帶向何方。我只知道一件事，如果不離開小島，一切都是空談。

這座小島就算在全國天氣預報中，也會從地圖上省略。在這座小島上，蓄積的能力根本無用武之地，在需要更進一步努力的遼闊世界中，不斷自我挑戰是我這輩子的目標，也是人生的意義。

父母完全不反對我趁高中畢業後升學的機會離開小島。他們都在島上的公家單位工作，經濟方面沒有問題，但我是長子，家裡還有一個妹妹，我擔心他們會要求我畢業後回到島上。然而，他們在為我送行時說：「我們不會叫你不要回來，但你也沒有義務回來。」

聽父母這麼一說，我反而更強烈地認為不能增加他們的負擔，所以，我租了屋齡已有七十年的木造兩層樓公寓的房子，除了上下學方便以外，唯一的優點就是能夠遮風避雨。「野原莊」——名字聽起來很不錯，其實是用房東爺爺的姓氏「野原」命名的。

我曉得房租很便宜，但和一個開車上下學的同學聊天，得知他所租的大樓停車位月費——那裡距離都心的學校有一小時車程——都比我的房租貴時，我才真正嚇了一跳。

在我入住的第三年秋天，一場大型颱風登陸時，這棟租金便宜的破公寓淹水了，屋頂被吹走了一大片，我也因此認識了他們。

杉下希美，隨處可見的女大學生。我從研究室值班完回家時，好幾次都在公寓外遇見她，只想到這個女生經常早上才回家，卻從來沒有和她說過話。雖然覺得和她認識對我完全沒有加分作用，但因為我們的名字讀音相同，再加上都是在小島長大的，所以產生了親切感。

西崎真人。他有一張明星般的俊俏臉蛋，第一天認識他，他就大談特談谷崎潤一郎，說自己立志當作家。幾天之後，他還拿了他最有自信的作品給我。

「你們應該可以理解我的作品。」

他說著也給了杉下一份。我覺得他輕視我們這種鄉下出身的人，心裡覺得很不舒服，但是，基於同住一個屋簷下的情誼，我還是看了前面幾頁。

作品的標題是〈灼熱鳥〉。

拿到西崎作品的幾天後，他問我：「今晚要不要一起喝酒？」那次颱風時，在一起喝了幾輪酒，我覺得跟他合不來，開始看他的作品後，這種感覺更加強烈，所以原本打算拒絕，但他說：「杉下也會來。」於是我就答應參加，因為杉下會準備美味的下酒菜。

這是我們第一次在西崎房裡喝酒。

西崎負責準備葡萄酒和啤酒，我帶了老家寄來的火腿。杉下正忙著把糖醋煎魚和洋芋燉肉這些菜裝盤時，西崎已經開了廉價的葡萄酒在一旁喝了起來。

我在鋪在榻榻米上的地毯一角坐下來時，杉下拿了杯子給我，問我喝葡萄酒還是啤酒，我回答要喝啤酒，西崎便從冰箱裡拿出氣泡酒，為我倒了酒。

「安藤，歡迎來我的書房。」

「謝謝你的邀請。嗯？書房？」

聽他這麼說，我環視三坪大的房間，發現似乎也可以稱之為書房。房間角落有一張大書桌，上面放著鋼筆和寫到一半的稿紙，旁邊是書架，上面放了五十本文庫本的書。對有志成為作家的人來說，這點書似乎太少了，但誰知道他想當作家有幾分是真心的。

書架中間那一層放著筆電和印表機。他給我的稿子是打字內容，原來是用這部電腦打的，那旁邊的稿紙是怎麼回事？

「西崎，你是用手寫的方式寫稿嗎？」

「真好，你一開口就問我稿子的事，杉下一來就在說要考潛水證照的事。」

「女大學生真輕鬆啊！」

我擔心這句話聽起來像挖苦，立刻看著杉下，她不以為意地往自己的杯中倒了葡萄酒，看著我帶來的火腿包裝所附的小食譜。

「我寫稿都用手寫，因為靈魂沒辦法完全進入電腦。但是，最近投稿都規定要用電子檔或附上磁片，所以我在手寫之後，再用電腦打字謄寫。也因為這樣，我可以把稿子印給你們看，徵求你們的感想，也有好處啦！其實除了投稿以外，這是我第一次給別人看。雖然我們才認識不久，但我總覺得你們應該能夠了解——結果怎麼樣？」

西崎是想知道我們的感想，才找我們來喝酒的嗎？雖然我之前有隱約猜到了，但又覺得他對於自己寫的小說這麼敏感的東西，可能不太願意當面聽別人的想法。眼前這張漂亮的臉蛋卻露出了興奮和好奇。原本以為人的價值觀大同小異，但顯然並不是這麼一回事。

「其實我只看了前面一小部分而已。」

「怎麼？原來你也一樣。」

我也一樣？我看了一下杉下。

「對不起，因為這陣子太忙了。」

杉下若無其事地向西崎道歉。這個逍遙自在的女大學生到底在忙什麼？聯誼嗎？還是約會？也許根本沒在忙什麼，只是懶得看稿子。我覺得很不舒服。

「那就先說看過那部分的感想吧！你可以分幾次慢慢聊，這樣連細節都可以兼顧到。」

西崎啃著切成條狀的小黃瓜說道。細長的杯子裡放了小黃瓜條、芹菜條和胡蘿蔔條。這是鳥的飼料嗎？他寫的正是鳥的故事。

「我看到『因為我是鳥兒，所以才難以理解嗎？』那裡。該怎麼說呢？我不知道那個女人到底有多美，但那個男人被任性、傲慢的女人牽著鼻子走的故事設定很奇怪。看到小鳥之後，如果問別人知不知道如果有來生，她想變成什麼，任何人都會回答是鳥。說到底，那個女人就是想玩變態遊戲，無論回答什麼，她都會找碴吧！讓我覺得懶得理這些閒著沒事做的人，他們高興就好。」

雖然我只讀了一部分，但這種故事看了也沒什麼幫助。不知道是不是和作者的性格有關。我認為人生中最重要的就是努力和進取心，但在故事中完全感受不到，代表西崎也不具有這些要素。

「安藤，很像你的意見。杉下，妳呢？」

「我也差不多看到那裡，我的感想不太一樣。那個女人的行為固然可惡，但她並不是在找碴，因為像那種情緒激烈的人，即使有來生，也不會想要變成鳥，應該是真的感到很失望。」

「原來如此，真耐人尋味。女人想要別人怎麼回答？」

「人。搞不好希望別人說，即使有來生，仍然希望妳還是妳。」

「真有趣的解釋。」

「西崎，我猜那個女人自己心裡也沒有答案。不管別人有沒有說對，她都認為接受這種不合理的要求才是真愛。」

「杉下，妳很有慧根，只讀前半部分就悟出了這個故事的主題。妳這麼了解我，該不會對我有意思吧？」

「很遺憾，你太俊美了，我放棄。而且，即使我能想像得出你是怎麼想的，也不代表我和你的想法相同，我也不覺得故事中的男人就是你的化身。」

是這樣嗎？我還以為西崎有這種癖好。話說回來，越是閒閒沒事做的人，越會煞有介事地談論一些無聊事。

「杉下，那對妳來說，愛又是什麼？——我換一種說法，妳認為極致的愛是什麼？」

文科的人原來會熱中於這種問題，應該討論更有效益的話題吧——

「分擔犯罪。」

杉下嘀咕道。姑且不論西崎，我原本還以為至少杉下是腳踏實地的人。雖然這種辯論無聊透頂，但正因為如此，我更應該駁倒他們，不能讓他們小看理科的人。

「任何事都是一體兩面，這不就像兩個國中或高中小鬼去偷了東西後，再狼狽為奸地一起逃脫時覺得更刺激一樣嗎？這根本是低水準的愛，真受不了。」

「你說的那是共犯。『分擔犯罪』是指在沒有任何人知道的情況下，自己為對方擔下了一半的罪。既然沒有任何人知道，對方當然也不曉得。分擔犯罪後，自己默默地退出。」

「那稱不上是愛，最多只能稱為自戀。如果默默地袒護對方的罪行，對方可能一輩子都不知道自己犯了罪，永遠都是一個糟糕的人。如果是我，即使我女朋友犯了罪，我也不會袒護她。這種做法是錯的。」

「所以你會把她交給警察囉？」

「我會陪她去自首，而且盡量幫她。」

「如果她要坐牢呢？」

「我會等她，然後兩個人一起展開新生活。」

「安藤，你現在沒有女朋友吧？」

「我才不像妳整天遊手好閒，而且我的擇偶條件很高。再說，我無論在任何情況下，都不會輕易改變自我意志。」

「是哦，這種態度真帥氣啊！」

杉下事不關己地說完後站了起來，拿著我帶來的火腿走向流理台。這代表我駁倒她了嗎？我有點搞不清楚狀況，西崎遞給我一根芹菜。

「安藤，你真熱血，簡直就是正義的化身。但是，如果是女朋友……只要分手就好了，愛的定義或許就改變了。要是家人犯了罪，你也會報警嗎？既然是家人，或許會影響到你。當你進了一家不錯的公司，感覺前途無量時，你下得了決心拋棄這一切嗎？」

「我家人都守規矩，相信以後也會規規矩矩地過日子。如果是結婚對象，我不可能愛上做出犯罪行為的女人。」

「安藤，你的人生真美好。在現實生活中，杉下應該也和你一樣。只有小說中會出現『極致的愛』這種東西——喂，杉下，妳在幹嘛?!」

西崎突然臉色大變。我抬頭一看，發現杉下用叉子叉著火腿兩端站在瓦斯爐前。

「食譜上說用平底鍋煎一下更好吃。你家沒有炒菜鍋，也沒有平底鍋，所以我想用瓦斯爐直接烤一下。」

「不用，別烤了。火腿直接切來吃就好了，高級火腿直接吃就很讚。」

即使自己的小說遭到批評，西崎仍然可以露出從容的笑容，但他居然會為火腿這種事大呼小叫。我原本以為他吃素，但似乎並不是這麼一回事，他也吃杉下做的糖醋鮭魚。我也喜歡煎一下再吃，但比起杉下這種像露營的方式，還是切開直接吃比較安全，所以我贊成西崎的意見。

杉下把切成厚片的火腿裝在盤子裡拿了進來。西崎拿起一片，吃得津津有味。

「——西崎，〈灼熱鳥〉進入第幾階段審核了？」

杉下問。

「第一個看我作品的評審似乎無法理解極致的愛。」

「是嗎？所以連第一階段都沒通過。你辛苦了。」

杉下舉杯和西崎乾杯，廉價杯子的碰撞聲音聽起來也很空虛。

所以，我要為連第一階段篩選也沒通過的作品浪費寶貴的時間嗎？我想，我不會再看後面的內容了。即使現在和他們坐在一起，我也覺得是在浪費時間。

雖然我告訴自己不要再和他們見面了，但幾天後，我又跟西崎、杉下一起修理漏雨的屋頂。

由於一直是好天氣，所以沒有察覺，但之前颱風時，似乎把屋頂颳走了一部分。我去住在公寓一樓最裡面那一間的房東爺爺家，請他找人來修理，沒想到他自己拿著工具箱準備爬上屋頂。他不找人來修嗎？我被嚇到了。八十多歲的爺爺萬一有什麼三長兩短，我可擔當不起，便向他借了工具要自己修補。

杉下可能是從窗戶看到我在修屋頂，提出她要幫忙，說是「答謝上次颱風時，你收留我」。西崎也走了出來，老實說，我覺得他們兩個人都幫不上什麼忙。

但是我不得不說，完全派不上用場的是我。

我爬上屋頂，掀起漏雨位置的鐵皮，釘上木板補強後，再把鐵皮蓋回去。首先，我得先用鋸子鋸開從居家修繕量販店買回來的木板。

「安藤，你一直對著樹結的部分鋸，刀刃會鈍掉。你不是讀理工的嗎？」

「我是理工學院化學系的。」

「來，給我。」

杉下搶過我手上的鋸子，不到一分鐘，就完成我花了五分鐘才終於鋸了三分之一的工作。西崎拿著木板，沿著架在二樓走廊上的梯子爬上屋頂。

「西崎，你會釘釘子嗎？」

「不必擔心，我的手很靈巧。」

我關心他，而他居然一派輕鬆地笑著回答。

這時，杉下又鋸下一塊木板交給我。

「安藤，我來鋸木板，你拿這個去屋頂釘起來。啊，你好像也不太會釘釘子。因為沒有多餘的，我看還是交給西崎好了。你乾脆去準備午餐，啊，你也不行，上次還把魚乾烤焦了，而且用的還是烤箱──安藤，在眼前的狀況下，你到底能做什麼？」

從來沒有人對我說過這麼屈辱的話。

「我上國中之後就沒用過鋸子，這怎麼能怪我？不是所有鄉下人都擅長敲敲打打的。妳只不過剛好會而已，就這麼神氣嗎？」

「我並沒有這個意思，而是因為你太不會用鋸子了，所以我覺得還是由我來做比較好。況且，這和鄉下人扯不上關係。你看西崎，感覺最不會做這種事的人正在大顯身手。」

我抬頭一看，發現西崎單膝跪地，彎下身體釘釘子。就連這個姿勢感覺也很做作，我有點火大，但富有節奏的鐵鎚聲聽起來很悅耳。

「把木板遞給我，一直在屋頂上會曬黑。」

西崎大聲叫了起來。曬黑又怎麼樣？我這才想起即使大熱天，他也穿長袖。

「等一下。」

杉下正拿起鋸子，我在一旁搶了過來，我不能讓她看不起我。但是，鋸齒又卡住了。

「你為什麼老是要鋸有樹結的地方呢？」她把鋸子搶了過去。

「把兩公尺的木板四等分，每塊不是五十公分嗎？」

「所以在五十公分的地方剛好有樹結嗎?又不是在做城堡的模型，遇到這種情況，稍微偏一點有什麼關係?」

話還沒說完，她又鋸好了一塊。

最後，我所做的事就只是把杉下鋸好的木板遞給屋頂上的西崎而已。完工的時候，野原爺爺為我們買了壽司回來。他買的似乎是宴會套餐，所以要三個人一起吃。杉下邀野原爺爺和我們一起吃，他說他也買了自己的份，出示了比買給我們的更便宜的小壽司盒。

我們決定去杉下家。三個人坐在沒有鋪被子的暖爐桌旁，配著用茶壺煮的茶吃壽司。

「野原爺爺為什麼不把這裡賣掉，去住那種有專人照顧的大廈房子呢?這棟房子雖然很破舊，但土地應該很值錢吧!」

我說出了之前就很疑惑的事。

「已經有人來找他談過，但野原爺爺拒絕了。」

「為什麼?這不是難得的機會嗎?」

「他在這裡已經住了幾十年，別人說要買他的地，他也不可能就這樣輕易答應。」

「是嗎?」

「安藤，假設你回到老家，突然有陌生人來說從今天開始要住你家，請你搬出去，你會怎麼反應?對方將高級梳妝台搬進你房裡，把你的東西統統丟到走廊上，你會作何感想?」

「這種情況根本不可能發生，但假設是透過正當的手續辦理，我覺得並沒有問題。況且，我無意回那座小島，如果為這種小事發愁，怎麼能夠展望世界？」

「世界哦～你太了不起了。我很喜歡像你這麼有野心的人，但是你只會讀書和踢足球，這樣沒問題嗎？」

「什麼叫只會讀書和踢足球？說要去學潛水，卻沒有付出任何努力，整天夜遊到早上才回家的女大學生有什麼資格說我？我付出的努力是別人難以想像的。那我問妳，妳又會什麼？」

「我並沒有什麼了不起的專長，所以我並沒有否定你的意思，也覺得你會讀書、會踢足球很了不起。我覺得你應該可以進大公司，活躍在世界舞台上，完成你的夢想。但是，光靠這樣能夠在世界舞台上大顯身手嗎？如果在日本，我應該會輸給你，但如果在無人島或是偏僻的地方，我應該可以反敗為勝。」

「我為什麼要去那種窮鄉僻壤？降職嗎？我絕對不可能犯下這麼大的疏失。」

「我也說不清楚啦！」

杉下看著西崎。在我和杉下爭辯時，好吃的壽司轉眼就被吃光了。他這種時候為什麼不吃小黃瓜？

「可能是對『世界』的定義不同。安藤所說的世界，應該是美國、英國這些在兒童套餐上插旗子的那些先進國家。反正安藤以後應該會在這些國家大展身手，也沒什麼不對。」

他簡直是在貶低我的人生，太令人生氣了。我只不過不會用鋸子而已，說話有必要這麼絕嗎？號稱要當作家，連工作也不找，整天碌碌無為的傢伙根本沒有這種權利。

我把茶杯重重地放下，但西崎不以為意，一派輕鬆地繼續說：

「另外，杉下清晨回家是去打工。她不是在特殊行業打工，而是靠體力做粗活。她想考潛水證照也是為了打工。野原爺爺常說，希美很拚，不想給父母造成負擔。杉下和爺爺是將棋的棋友，我和爺爺是泡茶聊天的茶友，在我們當朋友之前，我就聽說了很多關於杉下的事。順便告訴你們，野原爺爺的父親是木工，這棟公寓就是他父親蓋的。在戰爭期間，他和母親兩個人一起守著這棟公寓。之後，他結了婚，雖然膝下無兒女，但他把這裡的房客當成自己的孩子。總之，爺爺的人生都在這裡，野原奶奶十年前死了，對爺爺來說，即使上了年紀，也不能賣掉這裡。杉下，我沒說錯吧？」

「對，對，原來你也知道。」

「我可是消息通。反正我無家可歸，也很喜歡這裡，雖然沒辦法像杉下那樣做菜給爺爺吃，但多少可以幫忙照顧爺爺，很希望他可以堅持下去。總之，就是這麼一回事。安藤，大家多多團結嘛！我的截稿期快到了，先走一步。只剩下你們兩個人時，要記得向她道歉。」

西崎最後吃了一塊鮪魚腹壽司，走了出去。

雖然我還是很氣，但覺得自己的確有需要反省的地方，於是向杉下賠罪。杉下也為自己說話口無遮攔道了歉，接著若無其事地改變了話題。

「要不要下將棋？」

照理說早就應該出現在我人生中的這個娛樂，居然是跟杉下學的。

還有另一件事，也是因為杉下的邀約，我才開始學習。

痛宰杉下。原以為只要了解走棋的方式，就可以立刻把杉下打得落花流水，沒想到我完全敵不過她。雖然西崎常說：「在意想不到的地方出現了競爭對手。」但我已經漸漸學會對他的話充耳不聞。

我更在意杉下的舉動。不知道她是不是打算寓教於樂，在走棋的時候，不時說什麼「穴熊」、「美濃圍」❻之類的戰術，聽在我耳中感到極其屈辱，我拚命盯著棋盤，走每一步棋之前都絞盡腦汁思考，但杉下在下棋時經常聊一些無關緊要的事，下棋的速度特別快。

「西崎又去投稿，結果又在第一階段就被刷下來了。」

她都是聊這些無關緊要的事。當時，也是在不經意的情況下聊起了那件事。

「安藤，如果你有興趣，要不要一起去潛水？」

我沒那個閒工夫，更沒有錢。由於我必須不定期在研究室值班，所以沒有打工，雖然生活無虞，卻沒有多餘的錢玩樂。況且，杉下不是勤勞的大學生嗎？之前我還為這

❻穴熊和美濃圍均為日本將棋中用於防守的戰術。

件事道歉，結果她到頭來還是只想到玩。

如果有時間的話，我不置可否地敷衍了一句，沒想到後來因為下棋輸給她而借酒澆愁時，決定要去她打工的那家清潔公司面試。

潛水的事又不了了之了嗎？

清潔公司當場錄用了我。那家清潔公司採取登記制，時薪很高。首先，我參加了幾次清潔公司的日常業務，也就是清掃交屋前的房子或深夜打掃辦公大樓，公司也曾經動員所有登記打工的人員，把五十層樓新屋的每個房間都打掃得乾乾淨淨。那天，我和杉下兩個人正在打掃頂樓房間的客廳，打蠟速度比我快一倍的杉下茫然地站在窗邊。

「妳該不會有懼高症，所以嚇得不敢動了吧？」

「不是。我在想，如果可以住這裡就太棒了，因為我喜歡高的地方。其實我會在這裡打工，是希望清洗大樓的窗戶，但公司錄用我之後才說女生不能清潔窗戶。我好說歹說，他們才答應我體重超過五十公斤後，讓我搭一次吊車，但我不管怎麼吃都吃不胖，現在已經放棄了。」

「妳為什麼想清洗窗戶？」

「只有站在四周空無一物的地方，才會真實地感覺到自己站在高處。」

只有笨蛋和煙霧才想往上走。我忍不住說這句話調侃她，所以沒有問她這麼想站在高處的理由。

每個週末上兩次課，四天就拿到了潛水執照。

清潔公司負擔了七成學費，第二週就派我們去清掃東京灣，原來是這麼一回事。我好像上當了，為了夏天去沖繩潛水，最後還受杉下之邀，在珊瑚保育團體登記為義工，問題在於能不能擠進名額。

那時候，我已經開始在找工作了。雖然有幾家化學相關的公司對我有興趣，但想要在世界的舞台上一展身手，綜合貿易公司當然是不二之選，所以我完全不作其他考慮。

「你可以在履歷表上寫你有參加公益活動啊！而且，你想進的那家公司也是贊助商。」

聽了杉下的建議後，我在履歷表的「其他」欄內順手填了這些內容，沒想到面試時，面試官一直問我這件事，令我十分驚訝。我結合原本以為會減分的老家小島以及東京灣的清掃工作，大談特談了海洋環境問題。

那家公司就是M商事，也是我的第一志願。我進了營業部，是在理工系的名額內錄用，我認為是憑自己的實力爭取到內定的，但杉下的幫忙也為我增加了百分之幾的成功機率。

為了答謝她，我咬咬牙，邀請她一起去沖繩旅行，享受一下真正的潛水也不為過。我一開始邀她時，她顯得歡天喜地，幾天後她又提出，既然要去沖繩，就安排一場美好的邂逅。

「你獲得內定的那家公司有一個人是珊瑚保育團體的會員，他在部落格上提到，不久之後要去石垣島進行私人旅行，我們可以配合他的行程。他的興趣是將棋，你不覺得可以和他成為朋友嗎？」

那個人就是野口貴弘。的確是「美好的邂逅」，因為這是我人生中第一次遇見我奮鬥目標的理想人物。

這件事必須歸功於杉下。

最後一次打工時，我挑選清洗高樓的窗戶。清潔窗戶時，必須由兩個人一起合作，我和另一名交情不錯的朋友一起登記，並請他當天曠職，然後，告訴杉下臨時需要人手清掃大樓，我們兩個人便在天亮之前，前往需要清掃的辦公大樓。

我的目的是要讓杉下坐一次吊車。為了以防萬一，我把潛水用的配重帶綁在她身上，讓她的重量超過五十公斤。

我們坐上吊車，迎接了曙光。從東方天際漸漸擴散的白色光帶融入地上的霞光，視野一下子開闊起來。定睛細看，可以看到東京灣遠方的地平線。

雖然腳下不穩，但杉下絲毫不覺得害怕，她面向外側站得筆直，凝望著遠方。

「景色果然完全不一樣。我住的小島位於瀨戶內海，站在海岸邊望向遠方，可以看到很多小島嶼。那感覺不像是大海，而是河流，搞不好還是城堡的外護城河，沒有一望無際或寬闊的感覺，而是一種封閉感。但是站在島上的最高處，可以鳥瞰浮在海面上的島嶼，望見遠方的地平線，就能了解自己所站的位置。啊！我的腳下和世界的盡頭連結了，這是我生存的能量。真的很謝謝你。」

我很想問杉下，那她想不想站在世界盡頭最高的地方？但突然吹來一陣強風，杉下晃了一下，當她站穩時，再度凝望遠方，不過，一隻手牢牢抓著我工作服的衣襬。

幸好我沒說。如果我說了，杉下就會思考前往世界盡頭的方法，然後，她會一個人去，鬆開抓著我的手。

當我因為要搬去公司宿舍而離開「野原莊」時，杉下和西崎為我送行。

最後那天晚上，他們為我舉行了「歡送會」，三個人喝酒喝到天亮。

「祝安藤的人生成功！」西崎帶頭乾杯後，我們三個人連續乾了不知道多少杯。

「今天就要分道揚鑣了！」喝醉的杉下重複了好幾次這句話。

「對，分道揚鑣了！」西崎也每次都附和。

我打算以後只要有空，就會隨時回來看他們，所以覺得他們太誇張了，難道三人中有一個人踏上工作崗位之後，氣氛就會完全不一樣嗎？有人說，學生時代是「人生的暑假」，的確，小時候每次在八月三十一日時，就有這種心情。

但是，我完全不感到寂寞，因為我很期待即將可以證明自己的能力。我抱著堅定的信心，一定要比別人更早出人頭地，邁向人生的下一個舞台。

和我同期進公司的好幾個人都問我，是不是靠野口先生的關係進來的？我懶得告訴他們我是靠自己的實力，只回答是在獲得內定後去旅行時，剛好認識了野口先生。

但是，能夠進入人人欽羨的專案課，當然是拜野口先生所賜。

我一直以為只要肯努力，就可以成為人上人，和我同期進公司的每個人都是從小就很努力，我之前完全沒有為了超越他們，必須在進公司前就和上司搞好關係的念頭。

然而，結果好像變成這樣了。我原本認為只要不是正面突破的方法都是不積極的手段，直到現在才發現，達到目標有各種不同的途徑。而能夠想得到有多少途徑，結果也會產生很大的變化。

以為用正攻法就可以達成目標，代表我還太天真了嗎？

野口先生除了在工作上很照顧我，還經常邀我去他家，或是帶我去那些政治人物密會的高級日本餐廳或星級餐廳用餐。而且他還對我說，我和他坐在棋盤前對弈時，可以保持平等的立場。

其他同事都很羨慕野口先生對我的特別關照。

因為野口先生不僅是我，更是所有新進員工都很嚮往的理想上司。

他進公司後至今曾經被派往三個國家，在每個國家都成功地完成了專案，與同期進公司的其他人相比，他比別人提前升了兩級。下班之後，也和美麗的嬌妻過著幸福美滿的生活。而且，他老家還財力雄厚，但他不靠老家，而是靠自己的實力出人頭地，這一點更值得敬佩。

這簡直是我以前住在島上時描繪的理想人物——但是，那只是在小島上時的想法。

隨著和野口先生深入交往，我漸漸開始產生疑問：我真的想成為像他那樣的人嗎？因為從野口先生內在所表現出的貪婪，看起來顯得滑稽可笑。

專案成功並不是你一個人的功勞。雖然大家分工合作，但他每次都假裝是值得依靠的上司，插嘴干涉別人的工作，一旦專案成功，就以為是他的建議奏效了。難道為了出人頭地，他不惜和下屬爭功嗎？

即使在玩將棋這種遊戲時，每當他快輸了便要求休戰。他以為我不知道他在下次繼續下棋之前，會去向杉下討教嗎？

這簡直就像賽跑中想要跑第一名的小孩，在跑的時候拚命亂揮雙手。他不惜用這種手段阻撓別人，非要衝在別人前面。前面到底有什麼？

也許我看野口先生的目光漸漸變得和西崎一樣了。當時，我無論在工作還是私生活之中都陷入了瓶頸，當然會覺得生氣。

他假裝是可靠的上司，和我下棋時卻對我說：

「我對你充滿期待，但如果你一次也贏不了我怎麼行呢？對了，你聽過××這個地名嗎？」

「沒聽過，聽名字像是在中東那一帶。」

「就是在那一帶，有人計畫在那裡建一座世界級規模的太陽能發電廠，雖然還不知道能不能接到這個案子，但公司決定相關部門各派一個人過去。安藤，怎麼樣？我們下五局，如果你一次也贏不了我，你要不要去沒有電、也沒有瓦斯的地方修行？」

他居然用下將棋決定工作上的人事調動。他這種行為讓我覺得有點受不了。我也在候補名單中，這表示不管誰去都可以吧！我看八成是野口先生把我的名字列入其中的。

不過，這或許也是一種途徑。我差不多可以贏杉下了，而且即使輸了，代價就是可以拿到前往世界盡頭的門票，這不是一件很愉快的事嗎？

我決定接受他的戰帖。

在和野口先生對弈連續四敗後，年底和杉下下棋時，我意外地贏了她，很令人開心，但她一定努力地思考反敗為勝的方法。我也誘導了野口先生走到相同的棋局，最終一戰就要以此定勝負。

今天晚上，結果就會見分曉，而且，還當著杉下的面。她會羨慕我被派去連名字都沒有聽過的國家嗎？如果她默默伸手拉我的衣襬，我可以帶她同行。

但是今天的聚會，名義上是為了激勵奈央子。

杉下提議，為了激勵流產後情緒不穩定的奈央子，請著名餐廳將餐點外送到府。野口先生欣然應允了——真是這樣嗎？

奈央子的外遇流言四起時，野口先生開始把她囚禁在家裡。我覺得裝在門外的鏈條正是代表了野口先生自己，他想保護他努力得到的一切。被野口先生關在家裡的，應該是他的自尊心。

我似乎能夠體會他的心情。

野口先生叫我七點去他家，但我想了解今天的對戰到底對誰更有利，而且，我希望在吃飯前就一決勝負，所以我六點多就到了那棟大廈。

野口先生在停車場租了兩個車位，我開車去的時候，可以停在住戶停車場。我在那裡打電話給野口先生，他語氣慌張地叫我去頂樓酒吧等他。

杉下也想不出反敗為勝的方法嗎？

杉下，還剩不到一個小時了，如果妳不趕快想出來，世界的盡頭就會離妳而去囉！

我走出停車場，繞到大廳。停車場直接通往住戶樓層的門和飯店房間的門鎖一樣，即使沒有鑰匙也可以從裡面走出來，但從外面進去時，就一定要有鑰匙。

我告訴櫃檯人員，我和野口先生約在酒吧。櫃檯小姐似乎認識我，沒有打電話到野口先生家通報，就直接讓我上樓了。

我搭電梯前往頂樓，走出電梯時才發現把手機忘在車上了，於是又搭電梯回到一樓，從通往停車場的直達門走了出去。我把門敞開著，拿了手機後，再從那道門進來，走向電梯——在那裡遇見了意想不到的人。

是西崎，他雙手捧著紅玫瑰。

「安藤，好久不見。你不遲到是好事，但是不是太早了？」

「西崎，你為什麼會在這裡？」

「我在打工啊！我要送去野口家。」

西崎改成單手拿著玫瑰花束，他穿著黑色圍裙。

「花店嗎？好像很適合，又好像不適合。沒想到你終於想工作了。」

「是為了保護重要的東西。」

「不過，實在太巧了。是杉下訂的花嗎？」

「不，是野口太太，因為一些奇妙的緣分。對了，安藤，我發現一件重大的事。以前杉下曾經說過，極致的愛就是分擔犯罪，原來確有其事。你等一下也會見到那個人，那個人很不錯，敬請期待吧！」

我還是聽不懂他在說什麼，電梯到了四十八樓，西崎一如往常，一派輕鬆地走出電梯。我搭電梯直接上了頂樓。

這種疏離感是怎麼回事？我在這裡遇到西崎絕非偶然，他一定和杉下兩個人策劃了什麼事情，而且是在野口家執行，但為什麼完全沒有告訴我？

杉下有男朋友？我從來沒有聽說過，再說，他今天也會來？到底是怎麼回事？

到達頂樓後，電梯門開了。我沒有走出電梯，按了四十八樓的按鍵。

野口家大門深鎖，裡面到底發生了什麼事？我伸手想按門鈴——但隨即住了手。

我掛上了門鏈。

我來到頂樓，坐在酒吧窗邊的座位上，點了咖啡。離地兩百一十公尺，無論站在多高的地方，窗外的景色都只是整體的一小部分。

也許我和野口先生很相像。

——慘了，已經七點多了。

門鏈打開了。

我原本打算中途找時間下樓打開的，西崎到底是怎麼離開的？野口先生看到陌生人被門外的門鏈關在家裡，會感到尷尬嗎？最好他從此改變心意，拆除那條門鏈。

是杉下打開的嗎？我還以為她會被野口先生提早叫去家裡，在裡面那個房間思考攻戰方法，但也可能她受邀上門的時間和我相同。

已經七點多了，可能是外送的服務生打開的。

當我按門鈴時，杉下走了出來。

她神色慌張地對我說：「不要進來。」是野口先生叫她來的嗎？真讓人受不了。

「別那麼計較了，我可以認輸，說實話，輸了反而對我更好。我會把方法告訴妳，當作是妳想到的，妳去偷偷告訴野口先生。」

「……輸了反而對你更好？什麼意思？」

「那就敬請期待囉！」

「你馬上告訴我！」

杉下大聲叫了起來。我第一次看到她這樣子，她為什麼這麼認真？就在這時，身穿制服的警官從電梯走了出來。

一個廚師打扮的男人從屋裡走了出來，鎮定自若地請警察進門。杉下躲在他身後，用力抓著他的白色制服下襬。

只有我不知道發生了什麼事。

——十年後——

假設當時——即使經過了十年的歲月，我仍然不時會這麼想。

雖然公司內傳聞，奈央子的外遇對象是一個長相很俊俏的男人，但即使在電梯裡遇到了，我仍然作夢也想不到西崎就是奈央子的外遇對象，他打算帶奈央子私奔。這裡又不是鄉下的小島，東京的帥哥多如牛毛，即使聽見傳聞時沒想到，但在電梯遇見時，不是應該會發現嗎？

如果我發現了，會有怎樣的結果？我會勸西崎別做蠢事嗎？即使他不聽我的勸阻，只要我跟著他，或許就可以避免最糟糕的情況發生。

最糟糕的情況——西崎供稱，他一進門，野口先生就動手打他。當時，他有沒有想反手打開門逃走？

逃脫。西崎說，他用燭台毆打野口先生後，因為被杉下看到了，所以他無意逃走，但他們當時應該可以商量一起逃走。

他們卻沒有這麼做，因為門外鎖著門鏈。

既然如此，他們為什麼沒有聯絡我？

杉下和西崎都知道我在酒吧。

不，西崎應該發現是我鎖上了門鏈，他一定以為我在幫野口先生。

但是，他在警方面前隻字未提門鏈的事。

不光是西崎，之後上門外送的那個成瀨也堅稱門是敞開的。他和杉下是老同學，在同學會上重逢時聊起他打工的餐廳，之後就沒有聯絡。這是真的嗎？

西崎在電梯裡向我提到杉下說的分擔犯罪確有其事，還說我也會見到那個人。他指的是成瀨吧？那個人很不錯——這代表西崎也認識成瀨。

他們是不是擬好了什麼計畫？

無論我怎麼問，西崎和杉下都不願回答。我因為心虛，在他們和警方面前都不敢提起門鏈的事，所以無法深究，因為我擔心周圍的人認為我牽涉其中。

但是，日子一久，我越來越眷戀當年和他們在破公寓一起喝酒閒聊的日子。

我也希望加入他們。

我透過親戚找到了一位名律師，請他為西崎辯護。西崎叫我別多管閒事，但我一再堅持，最後他終於答應：「那就在不會給你的經歷留下污點的範圍內拜託了。」

還有其他可以為西崎做的事嗎？我在思考這個問題時，才發現自己對他一無所知。有沒有什麼線索可以了解他？

我決定讀西崎的小說〈灼熱鳥〉的後續部分。

讀完之後，我拜訪了西崎的老家。

西崎，原來你就是那隻籠中鳥。

我去了兒童餐上最常插的國旗的那個國家，工作五年後，回到了日本。

原本以為從前住的公寓可能已經消失不見了，我不抱任何希望，但發現「野原莊」依然如故，房東爺爺也健在。在樓梯下方鋸木板的爺爺一看到我，就用掛在脖子上的毛巾擦著光禿禿腦袋上的汗水，笑著問我：「安藤，最近還好嗎？」九十多歲的爺爺還記得十多年前住在這裡的冷漠學生，這件事令我感到很高興。我問他：「你在幹什麼？」他回答說：「在做新的看板。」我想起了往事，決定幫他。我和他聊著那次颱風很可怕，回想起自己在這裡住了四年，幾乎沒有跟房東爺爺聊過天。

即使討好房東爺爺也不會有什麼好處。我以前就是這種人。案發之後，為了幫西崎送衣物到看守所，我曾經來過幾次，也沒有特地拜訪過房東爺爺。

房東爺爺為西崎擔心，也很擔心杉下。

但是，我沒有任何消息可以讓他安心。我想起西崎曾經立志當作家，順便問了爺爺知不知道〈灼熱鳥〉。房東爺爺回答說：「不知道。」但他問我是怎樣的內容，於是，我簡單地告訴他故事概要。

「鳥是指希美嗎？」

我剛說完，房東爺爺便這麼問我。這句話太出乎我的意料了。

「這和杉下有什麼關係？」

「不，我只是有這種感覺。如果不是她，那就是西崎了？」

西崎像鳥一樣，全身都是燙傷疤痕。他不敢用瓦斯爐，但烤箱和電鍋沒問題。

他怕火。

案發後，律師曾多次拜訪西崎的老家，請他父母幫他。他母親說不想和他有任何關係，遲遲不願開口，但他父親承認西崎在幼年時期曾經遭到虐待。因為西崎的母親臉上並沒有燙傷疤痕，所以那篇小說並不是完全真實描寫，但我堅信，西崎就是那隻鳥。

「所以你才想要救奈央子。在遭到野口先生毆打時，喚醒了你對往事的記憶，你得了這種病，應該接受精神鑑定。」

我去看守所會面時，隔著玻璃這麼告訴西崎。他對我說：「不要把文學帶進無聊的日常生活。」也拒絕做精神鑑定。

我仍然對西崎就是鳥這件事深信不疑，但是，房東爺爺第一個想到的卻是杉下。之前在沖繩看到杉下穿泳衣時，她身上並沒有傷痕，和她一起聊關於〈灼熱鳥〉的感想時，氣氛也不會很凝重。

我以為自己基本上是了解杉下的，但她總是聊現在和未來的事，從沒聊過認識她以前的事。

杉下是鳥。

西崎是鳥。

他們有共同點，彼此也了解這一點嗎？只有他們能夠相互了解嗎？

當時在案發現場的是死去的野口夫婦，以及西崎與杉下。

杉下曾說，極致的愛是「分擔犯罪」。西崎曾經暗示，那個人是成瀨，但這十年期間，他和杉下才是這樣的關係。

我代替手抖的房東爺爺，用黑色油漆在鋸下的木板上寫了「野原莊」幾個字，晾乾之後，用鐵絲綁在二樓樓梯的扶手上。他們兩個人曾經站在那裡。

颱風那天，我不是在這裡認識了你們嗎？

所以，差不多該告訴我真相了吧！

第四章

被趕出那裡之後，我才發現自己喜歡從面向南側的大窗戶眺望大海。也許對我來說，眺望浮著無數小島的平靜碧海，就像呼吸那麼自然。

所以，無法繼續呼吸的我幾乎要崩潰了。

我從小在小島上長大，在那天之前、在被趕出「城堡」之前，我的人生宛如小島周圍的大海般平靜。

外公、外婆在海岸旁建造的那棟洋房，無論牆壁還是屋頂都是白色，以前，島上的人都稱之為「白城」。母親是獨生女，再加上她長得美，所以大家都稱她「白城公主」，聽說島上的人都很愛她。公主長大之後，和一個來自島外、在公主父親的建築公司任職、工作能力很強的精悍王子結了婚。不久，當公主的父母因病雙雙過世後，他們生下一男一女，過了十七年幸福快樂的生活。公主的女兒和兒子也很快樂。

我身為公主的女兒，雖然外型和母親相像，但完全沒有公主味。母親常說：「希美缺乏亮麗的光彩，這樣怎麼可能遇到優秀的另一半？」我並不是故意讓自己不引人注目，只是比起在眾人矚目下笑容可掬，我更喜歡一個人躲在角落發呆。

我才不要那種吸引男人目光的亮麗色彩。相反地，我認為在維持身而為人的最低限度生活時，這是最先必須丟棄的東西。

所謂「前兆」，就是事情發生之前發出預告的一些小細節，但總要到事情發生之後，而且往往是很久以後，才會發現原來那是前兆：啊，我想到了，難怪那天西方的天空一片鮮紅，難怪平時很乖的小狗似乎在害怕什麼似的狂吠不已，難怪那天氣色特別差，難怪，難怪，難怪——

不景氣的情況席捲了整座小島，公司幾乎已經沒什麼業務了，父親留在公司加班到深夜的次數卻越來越多。他開始推說太累了，不吃母親做的那些即使昧著良心也不會說好吃的菜。在他生日的時候，全家隆重地為他慶生，他卻無法感到快樂。

雖然即使發現了前兆，恐怕也無法阻止任何事的發生，但至少可以作好心理準備。然而，那一天卻突然出現在我們的生活中。

高二的秋天，那是一個天氣晴朗的週六午後，我上午去學校參加模擬考後回到家，發現母親靠在大門走廊的柱子上，抖著肩膀放聲大哭。母親個性溫柔，臉上總是帶著燦爛的笑容，到底發生了什麼事？我正打算叫她時，屋內傳來弟弟的吼叫聲：「這是要幹嘛？」我慌忙衝進屋裡，發現我的書桌擋住了一半的門。我的書桌怎麼會在這裡？而且上面還放著書，抽屜裡的小東西也還沒有拿出來。

我茫然地站在原地，一個陌生的年輕男人抱著大紙箱從樓梯上走了下來。從沒有封好的紙箱內，露出了我讀小學時，聖誕老人送我的絨毛熊娃娃。為什麼把我房間裡的東西搬出來？那個男人穿著工作服，我最先想到可能要裝修。但如果是裝修，情況似乎不太對勁。

「你自己滾出去就好了！」

二樓傳來洋介的聲音，隨即一陣咚咚咚的巨響，洋介從樓梯上滾了下來。我跑向洋介，抬頭看著樓梯，發現父親站在那裡看著我們。

「……你對爸爸做了什麼？」

「姊姊，他瘋了。」

洋介痛得扭曲著臉說。在此之前，父親從來沒有動手打過我們。父親個性開朗，像一棵大樹一樣保護我們，無論遇到什麼事，都可以一笑置之。昨晚，我們也一如往常地一家四口坐在餐桌旁吃飯，現在他卻把弟弟從樓梯上推下來。到底發生了什麼事？

我走上樓梯，父親對我說：

「趕快去收拾自己的東西。」

我房間裡的物品都裝在紙箱內，胡亂地丟在走廊上，讓人驚訝那個三坪大的房裡原來放了那麼多東西。我走進清空的房間，發現一個女人背對著我站在那裡。這個陌生女人身材高高瘦瘦的，一頭飄逸長髮，年齡介於我和母親之間。她感受著從窗戶吹進來的海風，「嗯～」地伸了一個懶腰，轉過頭。

「對不起，從今天開始，這裡就是我的房間。原本覺得好像在趕妳走，心裡有點過意不去，但沒想到這裡的景色比我想像中更美，所以我就不客氣了。」

妳的房間？這個女人在說什麼？我把視線從她身上移開，發現窗邊放了一個漂亮的大梳妝台，木框上雕刻著百合花紋，一看就知道很昂貴，和這個房間，不，和這個家很相稱，雖然是全新的梳妝台，但好像從很久以前就一直在這裡。梳妝台上放了一個細頸銀花瓶，不知道是要用來插花，還是和梳妝台一起訂購的，只是暫時放在那裡而已。細頸花瓶上也有精細的雕刻，我默默地站在那裡，父親走了進來。

「從今天開始，我要和她一起生活。」

房內只有三個人，父親的聲音冷冷地將我拒之門外。他繼續流暢地說了下去，想必已經對母親和弟弟說過相同的話。

我決定要自由地生活。我賺的錢，我想怎麼用就怎麼用，吃我想吃的東西，和我愛的女人一起住在這個家裡。這十七年來，我為了你們忍耐、克制了自己的欲望，但是，一切都到今天為止。我們家的男人都很短命，沒有人活過五十歲，我老爸活到四十八歲，我爺爺三十八歲就死了。你們之前幫我過生日應該知道，我上個月四十七歲了，所以，我重新思考了我的人生。人生五十年，我最多只能活三年，我要繼續過這樣的日子嗎？我入贅進來這個家，為了重整即將倒閉的建築公司，不辭辛勞地努力工作。我已經對得起這個家了，有權利為自己活這最後三年，所以我把有必要和不必要的東西分開了。也許身為父母，即使犧牲自己的人生，也要讓兒女幸福，但是我不管怎麼努力，都無法這麼想。我希望自己幸福。希美，我並不是覺得妳和洋介不可愛了，不過只要有你們在，我就必須有所犧牲，所以在變成那樣之前，只好請你們離開。

如果父親那時候患了不治之症，或許我會覺得他這番話聽起來很有道理，但他非但沒有得大病，甚至沒有看過他感冒，他說這些太莫名其妙了。父親的曾祖父死於戰爭，祖父死於車禍，都不是死於遺傳性疾病，他卻說自己只剩三年的壽命。

「你滾就好了！」

洋介不知道什麼時候上樓來了。他跳到父親身後，從背後架住他的身體，但是像母親般細瘦的洋介，當然打不過在工地現場磨練多年的父親，父親轉眼之間就把洋介按倒在地，騎在他身上，拳頭猛捶洋介的臉。

不要！我想大叫，喉嚨卻發不出聲音。

「既然覺得自己會死，那今天就去死啊！」

洋介嘴角流著血，用盡渾身力氣大叫。父親對著他的臉又揮了一拳，他怎麼能夠毫不猶豫地毆打自己的兒子？

「不要！」

這次，我終於叫了出來。我求助地看著那個女人，她若無其事地望著窗外，舒服地感受著海風。

「……去死啊。」

洋介用幾乎聽不到的聲音說。父親再度舉起手。

「不要！」

洋介會被打死！我衝向梳妝台，拿起花瓶高舉起來，用力砸了下去。

是因為看了西崎的短篇小說，才會喚醒這些早已燃燒殆盡的記憶嗎？〈灼熱鳥〉——乍看標題，還以為是科幻故事，原本帶著好奇的心情，想一探擁有那張俊俏臉蛋的人腦海裡是怎樣的世界，沒想到內容這麼沉重。

然而，並不是每個人讀了都會感到沉重。不知道是因為寫得不夠深入或表現手法太誇張了，我不是評論家，所以說不清楚，但那些過著幸福生活的人可能只覺得「有點怪怪的」。像安藤那種積極樂觀的人讀了或許會覺得無聊透頂，看到一半就不想繼續看下去了。

嘴裡有一種沙沙的感覺，我只看了四分之一就不再繼續看了，因為我有一種預感，故事的空氣將為已經埋葬的記憶提供氧氣，會突然冒出熊熊大火。

作品中，那個在窗邊仰望天空的女人讓我聯想到那個女人。你知道我如果有來生，想變成什麼嗎？她轉過頭，膚色黝黑的男人——父親露出潔白的牙齒回答說：「妳想要當鳥吧？」

那種女人怎麼可能想要當鳥？那種活得自由任性的女人，只因為想住在海邊，就挖空心思逮到了島上的有錢人，即使對方已有妻兒，她仍然帶著一副「與我無關」的表情侵門踏戶，站在窗邊吹海風。那種人即使有來生，仍然想要當人，當一個貪婪的女人。

真希望和作品中的那對男女一樣，父親也遭遇悽慘的命運，然後乾脆早日去地獄報到，因為他上個月滿五十歲了，已經活夠了吧！

——慘了！快溢出來了。我慌忙關上瓦斯爐。

收起〈灼熱鳥〉之後，我突然很想煮菜，拿出冰箱裡所有的食材做了洋芋燉肉。做的量是平時的三倍，即使分一半給房東爺爺，剩下的也要連續吃三天，而且三餐都得吃這道菜了。對了，再分一點給安藤和西崎，上次颱風時，他們吃得津津有味，我也有足夠的保鮮盒。

我把剛做好的洋芋燉肉分裝在保鮮盒內，先去位於一樓最裡面那一間的房東爺爺家。下午三點，他可能會拉住我下一盤棋，但我今天不想下棋。我敲了敲門，沒想到是西崎出來應門。

「爺爺，有女生送東西給你吃，真羨慕。」

他看著我手上的透明保鮮盒，走出狹小的玄關，按住門，示意我進去。

「原來是洋芋燉肉，沒我的份嗎？」

如果在那天之前，看到這麼帥的人露出迷人的笑容對我說這種話，即使原先沒有為他準備，我可能也會趕緊回家做給他，也可能直接把手上的保鮮盒交給他。

我從來不渴望別人愛我，也絕對不為了討好他人而努力。

因為我深刻了解到，這是多麼愚蠢的行為。

「也有你的份，但如果爺爺要找我下棋，可能晚一點才能拿給你。」

「沒關係，沒關係，妳來好好安慰一下爺爺。」

西崎說著走回房間。好好安慰？我納悶地走進屋裡，發現矮桌旁放了一個用和紙包裝的知名和菓子店禮盒。

那些人又來了嗎？

「每次都讓妳擔心。妳要不要把這些點心帶回去吃？」

這位八十多歲的房東爺爺喜歡做木工，每週去三次走路單程要將近一個小時的居家修繕量販店。身體硬朗的房東爺爺正駝著背坐在矮桌前。

「他們又叫你賣掉這裡嗎？」

兩個星期前，我送菜給房東爺爺時，得知開發業者打算購買這附近的土地，打造一個具有完整城市機能的大型建案「小東京」（暫名）。爺爺還給我看了附有完成構想圖的彩色ＤＭ。這個附有醫院、購物中心、健身房和餐廳的未來型建案還有專門的設施，提供照顧老人和育兒服務。

離地三百公尺的夢想城。只要賣了這裡，爺爺到死之前，都可以住在這座夢想城內。既然有人照顧，對無依無靠的爺爺來說不是該高呼萬歲嗎？爺爺卻說，這種建案蓋在其他地方就好。

他要在從小生長、保護了一輩子的「野原莊」結束這一生。

我能夠理解他的心情。就好像認為如果無法奪回重要的地方，乾脆讓它付之一炬的心情。並不是只有〈灼熱鳥〉令我回想起那一天。

「他們沒有威脅你吧？」

「目前並不是只有我不肯點頭，前面那棟『綠大樓』的房東也表示反對。那個房東是很有名的有錢人，如果他還沒有點頭答應，開發業者應該不可能來硬的，不過，也沒有人能保證。」

「為了思考作戰方案，我們來下一盤棋吧？」

「作戰？」

「我們努力看看嘛！我的高中老師曾說，下將棋對未來有幫助，比方說和有錢人交朋友之類的，天無絕人之路。」

雖然我沒有百分之百相信老師的話，但如果我沒有對將棋產生興趣，就不可能和成瀨建立交情。因為他的關係，稍微帶走了那些地獄般的記憶，但也只持續了兩年而已。

我要去告老爸！洋介經常把這句話掛在嘴上，但在他臉上的瘀青消失後，甚至不知道該告父親犯了什麼罪。首先，父親和母親並沒有離婚，每個月也會在母親的帳戶中匯二十萬做為我們的生活費。雖然他把我們掃地出門，但也提供了我們住的地方。

在通往島上最高那座青景山山頂的散步道途中，從岔路走沒幾步，有一棟老舊的房子。

去青景山遠足的小學生都會指著那棟藤蔓纏繞的破房子，說它是「鬼屋」。我和洋介以前也都叫它鬼屋，我們也相信這裡會有鬼出沒的傳聞，卻作夢都沒有想到，自己有朝一日會住進這棟房子。

「他們應該住這裡。那棟房子不是外公、外婆蓋的嗎？那不就是老媽的？」

我也這麼認為。但是在外公死後，公司和房子都轉入了父親的名下，並不是父親偷偷轉移的，而是母親遵照外公的遺囑辦理。他們應該都沒有想到會發生今天這樣的結果。不離婚是最卑鄙的做法。我們最慘的不過就是住那棟「鬼屋」而已，所以用地獄來形容或許有點誇張。島上人口不多，單親家庭卻不少，也有很多人每個月的生活費還不到二十萬。

但是，在那樣的家庭，做母親的通常都會拚命工作。

當我熬夜看書到天亮，打開窗戶透氣時，和送報的阿姨視線交會。我覺得她很面熟，仔細一想，才發現之前我們全家一起去「漣漪」吃飯時，她是那裡的服務生。她的孩子還沒有上小學，丈夫就病故了。母親在那個阿姨背影消失前嘀咕說：「真可憐。」我心跳加速，擔心會被那個阿姨聽到。當時，我只覺得那個阿姨從早工作到晚很辛苦，但當自己周遭的情況改變時，每次在街上遇到就會發自內心地尊敬她，覺得她很了不起。

如果母親能夠有一半像她，不知道該有多好……

當我們被趕出家門，一踏進這棟破房子時，母親就昏倒了。對公主來說，這樣的打擊太大了。破房子裡有四個房間，除了每個人都有一間自己的臥室之外，還有一個客廳。我和洋介先從母親的房間開始打掃。

也許當初這麼做是錯誤的決定。應該讓她無力的雙手拿起抹布，清掃自己睡覺的地方，讓她了解到即使再痛苦，這就是現實，如果要恨，就去恨自己的丈夫。公主躺在地上，遲遲不願起身。她整天無所事事，呆呆地看著窗邊流淚。因為她的關係，完全不會下廚的我在短短一個月內就廚藝精進，連一些簡單的敲敲打打都難不倒我。

我和洋介一起粉刷了家裡的牆壁、修理屋頂，割了院子裡的雜草，也慢慢接受了現實。我們毫不排斥父親匯給我們的錢，還計畫下個月匯錢來時，要稍微奢侈一下，來吃壽喜燒。

等到下個月的匯款日，我放學回家後，從母親的床頭抽屜裡拿出存摺和提款卡去領錢時，螢幕上顯示餘額不足。父親還沒有匯錢嗎？但我只領三萬圓，上個月的餘額應該高於這個金額。當補摺機帶著空虛的聲音吐出存摺時，我拿起來一看，頓時懷疑自己看錯了。今天匯入的二十萬圓和上個月的餘額四萬圓，都在今日提領一空了。

我慌忙回家向母親確認，她事不關己地說：

「因為我的化妝品用完了。」

她每天都躺在床上，但沒有一天不化妝。由於她總是在早餐前就化好妝，很少看到她沒化妝的樣子，所以始終不覺得有什麼問題，但我現在才發現，她的化妝必須付出金錢的代價。母親房間裡的梳妝台是她從城堡帶過來的嫁妝，上面放了七瓶嶄新的化妝品。她似乎打電話到之前常去的那家店，請人送貨上門。我拿起每一瓶，仔細確認瓶子上的標價，看到有一瓶精華液要價五萬圓，我差一點瘋了。

「為什麼買這麼貴的？」

「因為我一直都用這種，突然換化妝品對皮膚不好。」

「但是，妳怎麼可以把所有的錢都拿去買化妝品？連買米的錢都沒有了，這個月要吃什麼？」

「反正不是經常有人送食物上門嗎？那些人總是硬要送上門……」

那是因為雖然父親繼承的那家建築公司不大，但畢竟是老闆，那些喜歡釣魚的員工會送魚上門，或是分一點老家種的蔬菜，逢年過節時，我們也會收到火腿或點心禮盒。但那是住在城堡時的往事，不會有人特地來「鬼屋」送東西給被趕出門的公主。

雖然母親才是在這裡土生土長的人，但住在城堡的時候就幾乎沒有朋友上門找她。那些圍著公主打轉的到底都是些什麼人？

「這瓶精華液還沒有開封，是商店街那家『上田沙龍』吧？我去退給他們。」

「不要！」

母親跳下床，從我手上搶過精華液。

「如果我變醜了，阿晉就會討厭我！」

「不管他討不討厭妳，我們都已經被他趕出來了。」

「那是因為阿晉覺得不需要你們，他總不能只把兩個孩子趕出門，所以才讓我和你們一起住。」

「那妳認為那個女人又是怎麼回事？」

「煩死了！煩死了！煩死了！那個女人只是傭人，所以阿晉到現在還沒有和我離婚，總之只要你們離開這座島，他就會叫我回去那個家，我可不能讓自己到時候變醜。」

母親好像被附身般打開瓶蓋，噗滋噗滋地按了一堆精華液在手心，擦在已經化了妝的臉上。她不顧畫得漂漂亮亮的臉被她弄花了，仍然不停地擦，不停地擦——

那天就是地獄的開始。

和房東爺爺下完一盤棋後，我送洋芋燉肉到西崎家裡，他問我要不要進屋坐坐。我有點猶豫，覺得不該毫無防備地單獨走進男生家裡，但覺得西崎應該沒問題。他即使有五個女朋友也不足為奇。

當我進屋後，他說：「妳難得來，我們一起吃吧！」從冰箱裡拿出了紙盒裝的白葡萄酒，但杯子、筷子和碗盤只有一人份，於是，我回自己的房間拿了餐具過來。我在學校時，有一起聊天、喝咖啡的朋友，但沒有互相串門子的朋友，因為我覺得要根據每個人不同的家庭狀況，改變和他們相處的態度很麻煩，不過即使如此，我家裡也不會只有一人份的碗筷，雖然我是因為洋介暑假時來找我而買的。難道西崎比我更沒人緣嗎？他沒有朋友，也沒有家人嗎？

但是颱風那天晚上，他給人感覺很擅長交際。現在回想起來，雖然我們坐在一起吃洋芋燉肉，但連同上次他拿稿子給我在內，我們聊天的次數差不多只有三次而已。可是，為什麼我覺得他好像親戚的大哥哥？

「西崎，我看你只吃肉，不要把馬鈴薯留下來。」

說完這句話，我突然發現，西崎白淨細瘦的感覺和洋介很像。臉蛋當然是西崎英俊多了，但個子、髮型和背影都很相像。

「雖然不值得自誇，但妳別看我這樣，我吃東西向來都吃得精光。只是為了以防萬一，我都先吃喜歡吃的。」

西崎說完，突然改變了話題。

「妳覺得『野原莊』如果被拆除的話會怎麼樣？」

西崎說。因為他讀法學院，所以房東爺爺和他討論了可以保住公寓的方法。我這才想起，他讀的不是文學院，而是法學院。

「既然爺爺說不想賣，真希望可以幫他想想辦法。」

「我也一樣。對我來說，沒有比這裡更舒適的地方了，如果可以，我希望一輩子在這裡寫小說。現在那些業者還會帶著伴手禮客客氣氣地上門，爺爺說不願意，他們就乖乖走人，但我想這種情況應該不會持續太久。問題在於以後該怎麼辦。」

「最好的方法就是不要讓事情發展到這一步。『綠大樓』的房東也反對，所以那些業者不敢造次，那就讓『綠大樓』的房東一直反對下去。『綠大樓』的土地比這裡更大，但不曉得他們為什麼不同意改建。」

「聽說是有錢人的節稅對策，如果可以知道那個房東的動向就好了。」

「對了，可以和他們交朋友啊！可以打電話說，我們聯手反對。」

「會不會反而引起懷疑？」

「那就利用偶然的機會和他們交朋友，將棋搞不好可以派上用場。」

「難道要突然打電話問對方要不要下將棋？」

「我從很久以前，就一直在思考結識有錢人的各種方法，當然，我的主要目標是鎖定阿拉伯石油王。混進豪華遊輪的派對當服務生怎麼樣？不過，即使靠這種方式結識對方，也很難保持平等的關係。後來，我在報紙上看到了一則有趣的報導——」

那個專欄專門討論支援發展中國家的方法，日本的有錢人都是提供金援，但歐美國家的有錢人都是提供勞力支援。其中有一篇文章提到，一個日本年輕人參加非洲沙漠植林的公益團體時，得知一起種樹、一起喝自己動手煮的湯的，是世界知名食品公司的董事長夫婦，不禁驚訝不已，感動莫名。即使過了十年，那個年輕人和那對董事長夫婦仍然是朋友。

「要不要參加公益活動？這麼一來，小老百姓和有錢人也可以在平等的狀況下交朋友。」

我半開玩笑地說。雖然我很希望能為房東爺爺守住這個對他來說充滿回憶的地方，但我沒有義務非要為他做什麼，況且，如果賣掉這棟舊公寓，可以住進以後建造的豪宅，有時候固然會感到惆悵，但並不至於是太大的不幸。因為像房東爺爺這種年紀的人應該很清楚，衣食不缺是最大的幸福。

值得慶幸的是，父親和把我們趕出門之前一樣，繼續從他的帳戶自動扣繳學費。水電瓦斯費和電話費即使遲繳一個月也不會立刻斷水斷電，可以等到下個月再繳，但問題是吃飯的錢。我和洋介身上所有的錢不到三千圓，再加上還要買日用品，根本不可能靠這些錢撐一個月。

「我去拜託老爸。」

雖然很不願意向老爸低頭，但他對趕我們出來心有愧疚，應該會拿出一萬圓吧！我帶著這種天真的想法送洋介出門，一個小時後，洋介帶著和被趕出來那天相同的新瘀青回來了。

「他說，不要把他牽扯進來。」

看到洋介帶著哭笑不得的表情揮著空空的手，我不知道該對他說什麼。我抓緊所剩不多的零錢，帶他走去散步道入口的涼亭，買了糖分最高的歐蕾咖啡給他喝。

當我望向大海時，發現雖然同樣是瀨戶內海，但是在這裡和在城堡窗戶所看到的景色不一樣。在位於海拔幾乎是零公尺的城堡二樓窗戶所看到的大海，被很多突起的小島擋住了地平線，但在這裡，可以看到那些小島後方的一片大海。原來，站在兩百公尺的高度，所看到的景象就如此大不相同。

以前住在城堡裡時，我一直認為即使去島外讀大學，以後也要回來工作，一輩子住在這裡。但是，在這裡望見城堡所看不到的地平線時，我希望可以看到更遠的地方。

當我將視線從遠方的地平線移回小島的海岸時，發現城堡的屋頂出現在視野一角。原本以為被趕到了離城堡很遠的地方，沒想到從這裡就可以看見……

「明天我去拜託一下，爸爸應該不至於對女生動手。如果他打我，我會向他索取賠償費。」

「姊姊，那妳也要多增加一點體力。」

洋介把喝到一半的罐裝咖啡遞給我。其實，我喜歡不加糖、不加牛奶的咖啡，但甜味在嘴裡擴散時，會覺得為全身補充了能量。

第二天，我放學後直接去了城堡，出來應門的是那個女人。她說，爸爸今天一大早就去本島出差了，今天晚上不回家。難道我要苦求這個女人？還是改天再來吧！我正在猶豫時，女人面帶微笑地說：

「妳是不是來借伙食費的？昨天妳弟弟來借錢，所以我知道這件事。阿晉剛認識我的時候就一直怨嘆，妳媽花錢如流水，整天無所事事，卻只知道花錢。你們也真可憐，和這種媽媽一起被掃地出門了。我也覺得對你們很不好意思，甚至覺得可以偷偷塞錢給妳，不過，妳——之前幹的好事也太過分了。」

我之前幹的好事——為了救洋介，我在情急之下舉起花瓶，對著梳妝台的鏡子用力砸了下去，鏡子發出巨響碎落一地，父親準備揮向洋介的手停了下來。前一刻還事不關己地望著窗外的女人猛然回頭，「啊！」地發出一聲慘叫。

看到他們兩人因為憤怒漸漸脹紅了臉，我拿起一塊像刀子一樣細長形的玻璃。

「洋介，快逃，他們不是人，不管說什麼都沒有用。就讓這兩個妖怪相親相愛地住在這裡吧！我們會離開，但在我整理東西時，你們不要出現在我的視野內！」

我揮動玻璃，把父親和那個女人趕了出去。

「妳知道那個梳妝台要多少錢嗎？在妳要求伙食費之前，先賠我梳妝台吧！但是，如果你們就這樣餓死，我們會被人家說閒話。這麼辦吧，妳每天這個時候來拿飯菜。我不能給妳錢，但妳可以每天來拿。我會幫你們做便當，我很擅長下廚。不過，妳也要展現誠意，每次都要跪著哀求我，求求我賞賜你們，這樣就夠了。啊，我真是大好人。」

要我跪著向妳哀求，還不如要我死。我很想這麼對她說，但我不能讓洋介餓死。反正，這種情況不會持續一輩子。對了，我可以去打工，只要在找到工作之前委屈自己幾次就好。跪地只是一個動作而已。走路、奔跑、坐下、跪地。

「既然妳答應了，那現在馬上試試看。因為我猜到你們今天還會來，所以特地多做了一點飯。」

城堡的玄關鋪著大理石，沒想到這個女人很賢慧，打掃得一塵不染，也沒有一粒沙子，即使直接跪在地上，膝蓋和小腿也不會疼痛。我緩緩跪坐在地上，低下頭小聲地說：

「拜託妳。」

「拜託我什麼？」

啊？我抬起頭，女人露出得意的笑容說：「把話說清楚啊！」

「請妳給我們食物。」

說著，我把頭拚命壓低，幾乎碰到了地面。如果不咬緊牙關，眼淚就會流下來。我拚命咬著牙，彷彿突然聽到「咔」的一聲，好像海沙被塞進了嘴裡。我必須把腦袋放空，才能消除這種感覺。

「杉下，妳想不想保護珊瑚？」

自從修屋頂後，我經常把做太多的菜分送給安藤和西崎。當我拿洋芋沙拉去西崎家時，他像往常一樣邀我一起喝酒，他拿出盤子時，突然這麼問我。

如果想保護珊瑚，必須要有潛水的執照。

我想起當初因為想清洗窗戶去清潔公司打工，卻因為我是女生而遭到回絕，令我很失望時，公司曾經建議我可以去考潛水執照，加入清掃海洋的行列。公司會提供補助金，聽起來也很有趣，所以我有一點動心，沒想到十足宅男的西崎居然會邀我潛水。

「西崎，你對潛水有興趣嗎？」

「我才沒有興趣，但是妳想要結交的朋友很有興趣。」

聽西崎說，我想結交的朋友——「綠大樓」房東的長子加入了保護珊瑚的公益團體。

「你整天都窩在家裡，是從哪裡聽來這個消息的？」

「我的稿子雖然是手寫的，但並不代表我不會用電腦。或許妳以為那些人都很低調，但有些具有社會地位的人，喜歡公開自己的真實姓名表達意見，尤其很熱中於公益活動。話說回來，他們捐款只是為了避稅。」

西崎說著，把在網路上查到的「綠大樓」房東相關的列印資料遞給我。房東名叫野口喜一郎，不知道是否因為年齡的關係，所談的幾乎都是工作，但他兒子聊了不少私人的事。優秀的人似乎都會參加很多活動，他也參加了各式各樣的團體，從高爾夫俱樂部、騎馬俱樂部、雪茄會這些好像大人的社團活動，到為發展中國家建造小學、在沙漠種樹、保護珊瑚等公益活動都有。

「雖然沒有將棋俱樂部有點可惜，不過我想起上次聽妳說，在妳打工的地方可以考到潛水執照。要加入這個珊瑚保育團體還必須有推薦信，妳打工的那家公司也贊助這個活動，應該可以靠關係加入吧？」

「聽起來很有意思，我覺得這個方法應該可行，那我先去考執照。西崎，你要去哪裡考執照？」

「我才不去考，更何況我討厭大海。」

「只有我一個人而已嗎？」

「妳可以找安藤一起去。他現在對將棋也很投入，如果他有興趣的話，一定會二話不說地答應。乾脆請安藤一起加入這個計畫，他很聰明，搞不好可以用更簡單的方法解決問題。」

「他知道有人逼房東爺爺賣房子，之前還說，真希望有什麼方法可以解決。但是，我不想把安藤捲進來。」

雖然我不知道安藤在追求什麼，但我明白他追求的是遠大的目標，我不想妨礙他的前途。

「這個叫野口貴弘的人在一家和世界打交道的大公司工作，這不也是安藤的目標嗎？」

「那我邀安藤一起加入，但不告訴他真正的目的。」
「沒想到妳這麼為安藤著想，妳喜歡他嗎？」
「西崎，你的頭腦太簡單了，我不想欠任何人的人情。我希望自己很堅強，不依靠任何人生存。」
「杉下，妳已經夠堅強了。妳從不蹺課，打工也很賣力，充滿了生命力。用一句話來形容，就是妳不需要文學的世界。」

為什麼突然提到文學？雖然我勉強看完了〈灼熱鳥〉，但因為不想和他分享感想，所以我謊稱還沒看完。難道他為這件事耿耿於懷嗎？我只是無暇進入虛構的世界，看書不能填飽肚子。即使眼前的書堆積如山，也無法滿足我的心靈，我更希望冰箱裡有足夠的食物。

我說要去打工，洋介也說要去打工。但是，島上連便利商店也沒有，沒有地方願意僱用中學生或高中生，唯一的工作就是送報。很幸運的是，送報工作剛好有空缺，對方要求我第二天去工作，沒想到——

「不要去做這種丟人現眼的事，杉下家的孩子居然去送報，我和阿晉的臉要往哪裡放？」

母親說完，氣急敗壞地打電話去派報社回絕了，說家裡根本不需要為錢的事發愁，小孩子不懂事，想要出去打工賺錢，早日獨立，真傷腦筋。我真想問她，妳知道妳剛才吃下肚的糖醋排骨是怎麼來的嗎？

我沒有告訴洋介我每天都必須下跪。如果他知道這件事，一定會說：「我情願餓死。」也不願意碰我帶回來的食物。我只告訴洋介，那個女人心地不錯，對於把我們趕出去這件事感到愧疚，又怕拿錢給我們，被爸爸知道會生氣，所以叫我把這些飯菜帶回來。

即使如此，洋介一開始也不想動筷子，說才不要吃那種女人做的菜，但最後還是敵不過飢餓。而且更氣人的是，那個女人做的菜美味可口。她的五官輪廓很深，看起來很妖媚，但她幾乎不化妝，衣著也很簡單。如果她是親戚的阿姨，搞不好我會喜歡她。

但是，女人始終不原諒我砸毀了她的梳妝台，她每次都要求我下跪，嘮嘮叨叨地數落我：妳求我什麼？我感受不到妳的誠意。每次去城堡，我的嘴裡就塞滿了肉眼看不見的沙子。

雖然無法去打工，但只要忍耐到下一次父親匯錢就好，我已經把提款卡放在身上了。

宛如地獄般的一個月終於結束了，好不容易等到父親匯款的日子，一下課，我立刻領了錢，去買了米、蔬菜和肉等食材。終於不必向那個女人下跪了。我去涼亭坐了一下，用上個月剩下的零錢買了一罐歐蕾咖啡，發現空空的腦袋似乎突然注入了能量，嘴裡的沙子也溶化了。我一定要做比那個女人更好吃的菜，要做很多洋介愛吃的菜。

一踏進家門，客廳裡有一個陌生的男人，身穿西裝的他笑容可掬。母親一整天都在家，卻穿著出門時的洋裝，和男人面對面坐在桌旁。他是誰？我愣在門口，母親跑了過來。

「希美，我正在等妳，妳怎麼可以把提款卡拿走？這位先生帶了漂亮的鍊墜給我看，我正在猶豫，不知道哪一個比較好看。」

我的嘴裡再度塞滿了沙子，呼吸幾乎快停止了。桌上放了一個鋪著藍色天鵝絨的四方形盤子，上面放了好幾個鍊墜，鍊墜上的寶石閃閃發光。

「我雖然有鑽石鍊墜，卻沒有這種造型的。妳覺得哪一個比較好看？還是兩個都買？」

「要多少錢？」

我沒有看母親，問那個男人。

「今天我帶了休閒的款式，差不多都二十萬圓左右，很實惠的價格。」

「對不起，我家沒錢，可不可以請你離開？」

「希美，妳在說什麼？」

「妳別再說了，回房間吧！」

母親沒有回房間，氣鼓鼓地坐在椅子上瞪著我。我不理會她，轉頭看著那個男人。

「我家三個人每個月只有二十萬圓生活費，這個月還要支付上個月積欠的水電瓦斯費和電話費，根本沒錢買什麼鍊墜。」

笑容從男人的臉上消失了，他俐落地整理著桌上的珠寶。

「既然這樣，就不要找我來。虧我還特地來這種鳥不生蛋的小島。」

「對不起……」

原來他不是上門推銷，而是母親找他上門，而且是從島外來的。我鞠躬道歉，母親放聲大哭起來，她趴在桌上，像小孩子一樣嗚嗚地哭著。原本怒氣沖沖的男人「啪」地關起皮包後，對我露出同情的眼神。

男人剛走，洋介就回來了。他看著我問：「怎麼了？」母親立刻抬起頭。

「小洋，你聽我說，希美太過分了，她居然叫我不要買鍊墜。」

「那有什麼辦法？家裡根本沒錢買這種東西。」

「上個月我買了化妝品，大家還不是活得好好的。」

「那是因為姊姊——」

「洋介！」

我制止洋介繼續說下去，轉頭看著母親。

「總之，上次是妳最後一次亂花錢，拜託妳面對現實。」

「我不要，我不要。妳才搞不清楚狀況，如果我不讓自己繼續漂漂亮亮的，阿晉到時候來接我就麻煩了。我是為了你們，才一起離開了那個家，妳為什麼要對我這麼殘忍？」

「妳鬧夠了沒有？妳就是因為愛亂花錢才會被拋棄。論廚藝，也是那個女人比妳強好幾倍。妳也該清醒了，這一切都怪妳自己。」

「那個女人？廚藝？妳怎麼知道？」

「妳不是吃了整整一個月了嗎！」

母親在洋介大叫的同時昏倒在地。即使她已經習慣別人送她東西，但得知是來自丈夫情婦的施捨，還是受到很大的打擊。我和洋介兩個人一起把母親抬到床上，覺得無論如何，最可憐的還是她。她長到這麼大，都沒有人教她獨立生活的方法，結果就突然遭到拋棄。

晚餐煮了咖哩。看見滿滿一大鍋的咖哩，我就感到心滿意足。

「姊姊，妳做太多了。」

「沒關係，即使不是每天吃，也可以放在冷凍庫。而且就算是每天吃，接下來的一個星期都不用思考菜色了，可以想一些快樂的事。」

過了相當一段時間，我才發現自己無論看到任何資料，都可以在空白的大腦中留下鮮明的影像。也許我應該感謝那時候經常不認真上課，整天聊將棋的國文老師。

「交友作戰」比原先想像的更加順利。至於哪一個部分奏效，當然是安藤獲得了野口先生那家公司的內定。成為珊瑚保育團體的會員後，可以進入那裡的網站，得知野口先生的興趣是下將棋，以及將去石垣島玩等資訊。雖然不知道在他面前下將棋是否能夠吸引他上鉤，但很可能會和我們聊兩句。

潛水時，我們第二次搭船來到海上，在下海潛水之前，我偷偷關上了奈央子氣瓶的開關。從沙灘出發進行第一次潛水時，奈央子的動作就很笨拙，好不容易才能揹起沉重的器材。我想，她在潛入水中之前應該不會再檢查氣瓶開關，果然不出所料，她直接跳進了水中。

不同於從沙灘上出發進行潛水，從船上潛水時，會感覺突然被丟進了海裡。水溫很低，海水的顏色也很深。我們依次跳了下去，通常在確認所有人都跳入海中後，再跟著教練慢慢潛下去，但奈央子一跳入水裡就抓狂了。因為只是跳入海裡，即使無法呼吸，熟悉水性的人也會浮出水面，打開氣瓶開關，笑著向大家打聲招呼：「我居然忘了。」就可以繼續潛水。但奈央子完全慌了手腳，在離水面不到一公尺的地方低著頭，用全身掙扎著。

跳水時，會安排女生在中間跳，因此我們是按照教練、安藤、我、奈央子和野口先生的順序下水。

野口先生還在船上，離奈央子最近的我搶先教練一步，托著奈央子，讓她的臉浮出水面，在叫她深呼吸幾次時，偷偷打開了她的氣瓶開關。即使被人看到了，也只要說「氣瓶的開關好像沒有打開」就好，但沒有人發現。我暗自盤算，這樣也許可以創造聊天的契機，於是不停地問她：「妳沒事吧？」野口先生也跳入水中安撫著奈央子，慢慢潛入海裡。

陽光照不到的海底，對我來說是個陌生的世界，為什麼會有如此色彩繽紛的生物？從這裡上岸之後，會不會有另一個世界在等待著我們？如果那裡是文明落後、空無一物的世界，安藤一定會手足無措，但是，他一定會想到積極的答案。我看著游在我前面的安藤這麼想道，突然，一片海沙浮了起來，透明的海水一下子變得混濁，其中還夾雜著折斷的珊瑚，我還以為海底發生了龍捲風。

是奈央子發生了恐慌。如果參加的人數更多，有好幾名教練的話，只要奈央子和野口先生浮出水面就解決問題了，但是那天只有一名教練，大家只好跟著一起浮出水面。

回到船上，放下器材，喝了熱紅茶後，奈央子仍然渾身顫抖，於是，我們只能打消第二次潛水的念頭回港。

西崎，我要去看魔鬼魟！到時候我會告訴你那是什麼樣的魚，你的下一本小說就寫魔鬼魟。新人文學獎不是都靠震撼力獲勝嗎？如果你寫可怕的魔鬼魟，評審一定會想，這個人為什麼寫魟？於是就會認真地看下去吧！如果看到書店放了一本《灼熱魔鬼魟》，我也會買回來看。

我臨走前還對西崎誇下海口，卻弄巧成拙。看到安藤垂頭喪氣地整理器材的背影，我在心裡對他說：「對不起。」不過，野口先生說要邀我們吃飯做為補償，這對安藤來說，絕對是意想不到的良好發展。

幸好我邀安藤參加。吃飯的時候，我再度深刻體會到這一點。如果只有我一個人，或是和其他女性朋友一起來，即使野口先生邀我們吃飯，彼此的交情很可能就到此結束。即使我參加了無數公益活動或將棋再高強，也無濟於事。

男人有男人的作用，女人有女人的用處——吃飯和喝酒時，野口先生好幾次暗示這一點，雖然他的目的在吹噓自己的工作能力很強，可以滿足妻子的物質欲望，以及炫耀自己和妻子從來沒有發生過爭執，大家都羨慕他有這樣的妻子。

下將棋時，安藤說：「杉下的棋藝比我高明，也知道很多技法。」但野口先生堅持說：「我們兩個男人來比賽。」要和安藤一起下棋。雖然我暗想，他可能只是不想輸給女人，不過，我對這樣的發展很滿意。

野口先生很像我熟悉的某個人——很像根據他本人的預測，閻羅王差不多該找上門了，但至今仍然像一條活龍的父親。那奈央子屬於哪一種類型？她穿了一件藍色印度棉細肩帶禮服，戴著鑲碎鑽的項鍊。這身打扮並不花稍，卻很適合皮膚白皙、身材苗條的她，也很適合南國度假飯店的氛圍。至於我，穿了一件白底藍色碎花洋裝，配一條鑲了藍寶石的項鍊——藍寶石是那個人的誕生石。

「杉下，妳怎麼會有這種衣服？還化了妝。」

在野口先生來接我們之前，安藤看到我換好衣服走出來時，不由得大吃一驚。即使沒有「交友作戰」，既然是出來旅行，當然會帶一套像樣的衣服；至於臉上的妝，我離開公寓時就已經畫好了。這種打扮可能真的不適合我，雖然是那個和我長得很像的人挑選後寄給我的。

我缺少那個人具備的亮麗特質，奈央子卻具備了充分的光彩。我經常不經意地發現她走在野口先生身後半步之距，挽著他的手，這一點也和那個人如出一轍。如果沒有野口先生，奈央子應該活不下去。

開始吃飯時，野口先生為浪費了一次難得的潛水機會向我們道歉。奈央子在一旁事不關己地說，比起潛水，在海灘撿貝殼更開心，然後，給了我一個淡粉紅色的螺旋捲貝，送安藤一個有褐色圖案的螺旋捲貝。

這是什麼東西啊？安藤接過貝殼時，我可以聽到他的心聲，猜想他可能會把那個貝殼轉送給西崎當伴手禮。

當我暗自想著這些事時，奈央子聊起她正在料理沙龍學廚藝的事。那裡除了學做菜以外，還會教授招待客人的方法。在野口先生和安藤下棋時，她故意鬧彆扭地說她學了之後很有進步，卻始終沒有機會展現成果。野口先生對我和安藤說：「如果你們不嫌棄，下次可不可以請你們滿足一下我太太的任性？」

「我們一定去，請妳好好調教杉下，她做菜很好吃，但每次都直接把保鮮盒放在桌上，用叉子叉起火腿就直接在瓦斯爐上烤，完全缺乏款待客人的精神。」

我好心送東西給他吃，他這是什麼鬼話？雖然我很生氣，但之後順利敲定了回東京後的吃飯時間，「交友作戰」大獲成功。我心裡這麼想，喝著送上來時，仙女棒還啪啪閃個不停的雞尾酒，覺得實在太美好了。

吹著海風，看著安藤皺起眉頭下棋的樣子，我漸漸覺得，他變成了曾經拯救我的那個人。

母親的奢侈病每三個月就要復發一次。有時候信誓旦旦地說，只要買了這件衣服，一輩子都不再買新衣服了；有時候在漂亮的信紙上寫下一些她根本不可能做到的事，恭敬地遞到我面前；有時候盛氣凌人地說她已經訂了，不要讓她丟臉；有時候趁我睡著時，用雙手用力搖晃我的身體，哭喊著：「給我錢！」

只要我把腦袋放空，就可以冷漠地拒絕她的要求，但洋介似乎狠不下心。看到個性開朗、很有正義感的洋介漸漸沉默寡言，我意識到應該設法解決問題。

「洋介，你去考本島的私立高中。那裡的讀書環境更理想，也有各種社團可以參加。住進宿舍後，生活可以很有規律，也可以交到朋友，有太多好處了。」

「姊姊，妳和她兩個人住沒問題嗎？」

「我高中畢業後也會離開這座島。不要只顧眼前的收入，我要讀大學、進大公司，在經濟上獨立自主。你也要努力，別擔心錢的事。這個世界上有很多理想的制度，要懂得妥善運用。」

「她一個人沒問題嗎？」

「她現在還在任性，當只剩下她一個人了，就會獨立——希望她可以啦！」

四月開始，洋介進了本島的高中。他早晚要繼承公司的，應該讓他好好讀書——我向母親咬耳朵說，於是她喜孜孜地把洋介送出了門。

只要我一個人忍受就好。以前，這種想法總可以讓我心情放鬆，沒想到當洋介離開後，每次我看到母親，心情就比以前沉重好幾倍。我這才發現，以前是靠少數服從多數抑制了她的奢侈病。而且，以前無論再怎麼痛苦，只要在涼亭和洋介回頭望著那棟房子、說母親的壞話，或是俯視城堡、說父親的壞話，心情就可以平靜下來。

當我不想和母親身處在相同的空間而逃去涼亭，看見城堡出現在視野角落時，就會湧起另一種憤怒——島上沒有我容身之處。

不知道我是會先離開這座小島，還是先瘋掉。就在我幾乎快到達臨界點時，抽到了他後面的座位。

窗邊最後一排座位原本就很舒適，前面坐了個子高大的成瀨，舒適度增加了三倍。我已經幾個月沒有望著窗外發呆了？只要我走在街上，島上的居民就會偷偷看我；來到學校後，大家都會遠遠地看著我竊竊私語。阻隔了這一切干擾，原來這麼舒服。

成瀨無法躲在任何人的身後。也許他早就發現自己無處可躲，當那些喜歡譁眾取寵的男生因為嫉妒而嘲笑他時，他也可以充耳不聞。最近，聽說他家的日本餐廳要變賣了，那些男生甚至問他：「你家的餐廳要倒了嗎？是因為有人在你家餐廳喝醉酒發生車禍嗎？」為這些和他的資質無關的事找他麻煩，他一句「關你屁事」就打發了他們。

或許這麼說有點失禮，但我覺得成瀨和我的立場相同。我想和他聊天，卻苦無機會。有一次當我趁上課看報紙剪報時，新來的數學老師找我麻煩，成瀨偷偷把答案告訴我。之後，我們聊起將棋，也建立了一點交情。

但是，我們都從不談論自己。我們不願主動談及家醜，這簡直就像在說：「請同情我吧！」每當我從報上剪下詰將棋時，我們就一起去涼亭，當成瀨喝著甜甜的咖啡思考攻略方法時，我就呆呆眺望著大海。有一天，我猛然發現，成瀨也在凝望遠方。他在看什麼？我順著他的視線望去，發現他在看他家的餐廳。我曾經和家人一起去過，也曾經去那家歷史悠久的日本餐廳「漣漪」參加父親公司員工的喜宴。

那家餐廳對成瀨的意義，可能和我對城堡的感受相同。

雖然成瀨察覺我在追隨他的視線，但他什麼都沒說。我認為這是我們共同擁有相同感受的證據，不禁感到竊喜。

我之所以能記住詰將棋的棋譜，並不是因為我對將棋有濃厚的興趣，而是因為我放棄思考其他事，就好像在空白的磁片上記錄資料。但和成瀨成為朋友後，我希望可以當成和他聊天的話題，於是開始認真地收看將棋節目，也從報紙上剪下棋譜。我都會先想一下，卻完全不知道該從何下手。成瀨可以在上課時輕鬆自如地想到答案後告訴我，我脫口稱讚他：「好厲害。」他一邊說著：「這哪有什麼了不起。」一邊解了一道數學題。之後，我不再把稱讚說出口，而是按三下自動鉛筆：

好．厲．害。好．厲．害。好．厲．害。

成瀨應該可以大有作為。我希望他能夠在不受任何人干擾的廣大世界，充分發揮他所具有的聰明才智，但我自顧不暇，根本沒時間為別人的未來加油。我原本打算在最後關頭才說，但學校把我想考的大學告訴了母親。

「希美，如果妳離開了，我該怎麼辦？我身體不好，要是沒有妳，我也活不下去了。」

她又哭又鬧，又吼又叫，還抱著我說以後她再也不會亂花錢了。但是，我不是她的傭人。

「妳不是說因為我和洋介礙事，所以害妳被爸爸趕出來嗎？現在洋介住在學校宿舍用功讀書，只要我也離開，就沒有人妨礙妳了。爸爸會來接妳，妳應該高興才對。」

我只是把她整天嘮叨的話稀釋十倍後還給她，但她崩潰了。一到晚上，她就哭喊著：「我要回家！」有時候把我吵醒，央求我：「帶我回家。」天亮之後，她又睡得像死人一樣。但是，我睡不著。不知道睡眠是否和空腹有相同的作用，我再度開始崩潰。

快．來．救．我。快．來．救．我。快．來．救．我。

我對著成瀨的背後按了自動鉛筆四下，一直按一直按。

涼亭是唯一可以逃避母親叫喊的避難所。不知道是否因為有人聽到鬼屋傳來慘叫聲，天黑之後，從來沒有人踏進這座照理應該是約會好去處的涼亭。不，其實島上也很少有年輕人。在涼亭裡，可以看到民宅的點點燈火，卻看不見城堡，終於可以讓我的心情平靜下來。

對了！只要城堡消失就解決問題了！只要不再有城堡，母親也不會整天吵著「要回家」了。也許是因為我已經心灰意冷到了極點，開始稍微產生了積極的想法。

消失吧！消失吧！燒個精光吧！

要不要去縱火？但縱火是重罪，要犯下這種滔天大罪到底是為了誰？最好有人代替我放火燒了它。誰願意？誰願意？誰願意？——

當我想像城堡著火時，慢慢開始能夠忍受母親晚上的哭鬧。我開始著手為考大學做準備。我不想依靠父親，所以決定去申請獎學金。

差不多就是那個時候，我聽說成瀨家的餐廳要改建成柏青哥店。我以為又是空穴來風，但聽到成瀨在涼亭說他放棄升學時，我相信傳聞是真的。

我能不能為他做點什麼？雖然我根本無暇為別人操心，但仍然想為成瀨做點什麼。

心灰意冷的成瀨似乎也放棄了內心的抱負，我甚至覺得，他原本就沒有抱負。難道是我為了克服現狀，把剛好坐在前面卻沒什麼機會聊天的男生，往理想的方向解釋嗎？

這就像是幻想縱火。

一個星期後，我像往常一樣在涼亭裡發呆，發現黑暗之中，有一個地方特別亮，那不是燈光，而是——火光。我揉了好幾次眼睛，以為是希望城堡著火的想法太強烈，看到了幻影，但火光沒有消失，反而越燒越旺。

城堡著火了！

我不顧一切地衝下坡道，焦味撲鼻而來，煙霧滲入了眼睛。火光就在前方，但離城堡還很遠，著火的是成瀨家的餐廳。消防車還沒有來，已經有人聚集圍觀了。我和送報的阿姨擦身而過。

當我繼續往前走時，發現成瀨站在那裡。他直直地站在火星會飄到的地方，站在餐廳正門前看著它付之一炬。

火是他放的。他為了讓重要的地方永遠屬於自己，所以才放了火。

我走到成瀨身旁，輕觸他的手臂。當我觸碰著他的手時，眼前的火焰燒進了我的心中，城堡、母親、父親和那個女人統統燒了起來。消失吧！消失吧！燒個精光吧！謝謝你救了我。

成瀨，成瀨，成瀨——我能為你做什麼？

——西崎，送你的禮物。這是我們在南方島嶼遇見的公主送我的貝殼，放在耳朵旁，或許可以聽見公主愛的呢喃哦！

安藤果真把奈央子送他的貝殼轉贈給西崎。我也覺得這種東西不值得收藏，轉手送給了西崎。

「西崎，雖然我不管你是鳥、是男人還是女人，但總覺得陷在自我陶醉中寫的小說無法吸引人，你太少外出了，偶爾也寫一下別人出的主題吧！」

安藤經常在喝酒時勸西崎不妨先畢業，再去找份工作，把小說當成興趣，有時候卻會向他提供寫小說的建議。也許他希望別人和他交朋友，只是無法坦白說出口。最好的證明就是他經常看不起我，當初邀他時，也說他沒空，但結果還是學了將棋、潛水，還和我一起去清潔公司打工。

如果跟他說，希望可以保住「野原莊」，他恐怕嘴上會說賣了豈不更好，以後房東爺爺也可以住在有專人照顧的豪宅，最後卻率先行動。更何況，他已經和野口先生混熟了，更會義不容辭地這麼做，搞不好會馬上去找野口先生商量對策。野口先生對他的信賴遠遠超過對我的，所以他出馬應該比較好搞定。

假設野口先生的父親已經決定要出售「綠大樓」了，那該怎麼辦？「綠大樓」的房東是野口先生的父親。不知道野口家的父子關係如何，但如果我遇到相同的情況，恐怕無法去說服父親，因為我和他無法溝通。況且，萬一由於這件事而導致父子關係惡化，就更加得不償失了。

到時候，野口先生可能會責怪是安藤害他惹了這些麻煩。安藤好不容易獲得那家公司的內定，如果在進公司之前就被上司討厭，他多年的努力都泡湯了。所以，絕對不能把安藤捲進來。

我把野口夫婦的事告訴西崎時，他驚呼簡直是奇蹟。他說，雖然他想完成房東爺爺的心願，但沒想到真的這麼順利。我仔細一問，才知道西崎在調查野口先生的經歷時，發現他參加了珊瑚保育團體，西崎決定用來當作鼓勵我考取潛水執照的藉口。

「因為妳之前一直在猶豫到底要不要去考執照，而且即使考到了，若是只做清潔作業也很無聊。但妳又說，如果只是因為興趣去潛水太浪費錢了，妳向來很省，所以要讓妳有足夠的理由花錢。」

「那為什麼要去沖繩？」

「妳不是和安藤玩得很開心嗎？對他來說，需要有理由才願意出去玩。我比你們虛長幾歲，很希望你們在一起。妳覺得安藤怎麼樣？我覺得他很不錯，而且他很有前途，應該會照顧妳。」

西崎的想法說對了一半，另一半卻失算了。

我和安藤的確很合得來，但我難以想像我們以後會交往。我想起在石垣島遇到的野口先生和奈央子，然後，用安藤和我代替他們。我絕對不可能跟在安藤的身後挽著他的手，也不會用指尖戳他，向他撒嬌。他不會養我，也不可能買項鍊或昂貴的精華液給我。我要的東西都必須靠自己。

況且，如果把這些想法告訴安藤的話，一定會被他臭罵一頓。

「西崎，你不是喜歡我嗎？」

「妳高興就好。」

西崎顧左右而言他，笑得很開心。

然後，我們認為既然「交友作戰」一切順利，那就應該思考下一步的計畫。我說，遇到野口先生這種類型的人，最好表現出誠心拜託，請他幫忙的態度。西崎提議，不妨寫一封信感謝他邀請我和安藤去吃飯，順便說有事想和野口先生商量，因為除了他以外，找不到其他人商量。

在寄給野口先生的信中，最後還加了一句：「請不要告訴安藤。」兩天後，野口先生打電話到我的手機，於是，我們約在他公司附近的咖啡館見面。

我告訴他，有人想要收購我來東京後住了多年的公寓「野原莊」，房東爺爺拒絕多次，但業者死纏爛打，一次又一次上門。最近，我得知附近還有一棟房子也不願意被收購，那棟大樓叫「綠大樓」，一查資料，發現房東的名字叫野口喜一郎。雖然這個名字很平常，但那個人似乎很有名，我心想野口先生或許認識，所以就來找他商量。

原本擔心他會察覺我一開始就是為這個目的接近他，但野口先生的父親名下的大樓和土地散佈在東京各地，所以野口先生只說了一句：「哦，原來是那裡的房子。」似乎並沒有起疑。

聽野口先生說，「綠大樓」是他父親在泡沫經濟時代買的，當時的地價是目前的幾十倍，如果沒有達到當初買進時的價格，他父親絕對不會脫手。而且，「小東京」（暫名）的候選地點還有其他兩個地方，業者也打算在新地鐵路線公佈後，再決定之後的方針。

我完全不了解這些情況，房東爺爺應該也不知道。

野口先生叫我不必擔心，還答應我只要有新情況，他會隨時通知我。

「對了，妳為什麼叫我不要告訴安藤？」

「因為你很重人情，如果我和安藤一起找你商量，萬一你覺得這件事很煩，也可能會為了即將進入同一家公司的安藤而勉強答應幫忙，這樣就太不好意思了。」

「原來是這樣。不過，我也很慶幸安藤不在。雖然這不算是交換人情，但其實我也有一件事想拜託妳，可是也要瞞著安藤。妳能不能當我下將棋的智囊？」

「我沒那麼厲害，恐怕當不了什麼智囊。」

「妳和安藤下棋時誰贏？」

「到目前為止，我沒有輸過。」

「那就夠了。」

野口先生在石垣島和安藤下棋時輸了，難道他想復仇嗎？如果只是當作嗜好，我之前累積的那些資料還足以應付。不過，最近這種功能似乎有點退化，以前總是有清晰而深刻的圖像進入大腦，最近經常變成模糊的照片。

安藤還有一個月就要搬離「野原莊」了。我正在為他煮他最愛的蘿蔔滷鰤魚時，他突然來我家，叫我去幫別人代班，因為原本和他一起打工的田中突然肚子痛。黎明前的辦公大樓，我們經常在這個時間打掃辦公大樓，但只有我們兩個人會不會掃不完？我一路上發著牢騷，跟著他走進員工電梯。我們來到了頂樓。

每當站在高樓的屋頂上，就有一種莫名的感動。

「妳不是因為想坐吊車才會在這裡打工嗎？妳幫了我不少忙，所以，我必須在離開那棟公寓前還妳的人情。」

說著，他從專門裝清潔公司發的清掃工具袋子裡，拿出潛水用配重帶，上面有十公斤的配重。他叫我綁在身上，原來這樣就可以解決體重的問題。

我慢慢走上了吊車，安藤把吊車稍微下降，停了下來。

當我轉向外側時，剛才一片藍色的天空下方飄過幾條白絲，然後漸漸地向上空擴散。由於朝靄的關係，看不到地面，會以為自己站在雲端，站在高得嚇人的地方。這棟大樓離地面兩百五十公尺左右，比島上的涼亭更高。

島上最高的青景山比東京鐵塔稍低。原來，我一直站在輸給人工鐵塔的山上，而且在半山腰祈願可以望見大海的遠方。

——我看到大海了。

我對安藤說了我能夠想到的所有話，但仍然覺得意猶未盡。除了一句「謝謝」，我似乎說不出其他的。

一陣風吹過，吊車搖晃起來，我的身體好像被往上吸，重心也不穩。啊！嚇死了。我一看安藤，只見他一派輕鬆地站在原地，難怪公司的人不讓我搭吊車。

安藤應該可以邁向一個我遙不可及的世界，我既羨慕，又為他感到高興。剛才搖晃時，我情不自禁地抓住了他工作服的下襬，是不是，只要我緊緊抓著，他就會再度帶著我前往我自己無法去的地方？

不，因為在吊車上，所以我抓著他的衣服，他沒有吭氣。如果走在路上，我靠在他身上，他一定會生氣地說：「自己站好！」他只是因為要離開野原莊了才帶我來這裡，卻讓我感到如此幸福。

我能為安藤望所做的，就是鬆開手，對他說聲：「加油。」目送他離開。任何人都不能阻礙安藤。

——十年後——

經過了十年的歲月，我發現一件事。當年，我和成瀨一起看著熊熊火光，覺得燒光了以前發生的一切。我將獎學金申請書交給成瀨，按了五次自動鉛筆代表「衷・心・感・謝・你」後，去向父親低了頭。我離開小島後，以為自己從零開始，展開了新生活。

在我離開小島後，母親青梅竹馬的王子立刻出現，照理說，令我煩心的問題也都解決了。

但是，當我每次都煮一大鍋菜，裝在保鮮盒裡塞滿整個冰箱時，我想我應該還沒有走出陰霾。因為和安藤、西崎一起住在野原莊，我才漸漸走出了那段日子。在安藤帶我坐吊車後，我和他一起回到了公寓，覺得肚子好餓，便把冰箱裡做好的菜統統吃光了。即使看到冰箱內空空蕩蕩的，我也不覺得嘴裡有沙沙的感覺。

那天晚上，我去居家修繕中心買了一個電鍋回來，也邀了安藤和西崎，三個人一起吃火鍋。從今以後，我要吃多少煮多少。我把這個決心告訴了房東爺爺，問他有什麼想吃的，他開心地說：「真是太好了。」

我以為房東爺爺說「真是太好了」，是指他以後可以點他喜歡吃的東西，但又覺得他應該已經察覺到如果家中沒有足夠的食物，我就會感到不安的症狀。他得知我終於擺脫了這種困擾，所以才說「真是太好了」。沒錯，一定就是這麼回事。

但是，我只正常了幾個月。

有一天，我三坪大的房間內多了一張梳妝台。

〈烙印〉

不管在任何情況下，行為和原因都是一致的嗎？

當事情已經發生了以後，即使找出再多理由，也無法改變事實，但為什麼人們總是想了解動機、過程或是原因呢？

學齡前的男孩正在用沒有把手的杯子喝牛奶，但是杯子太大了，男孩的手太小，裝了冰牛奶的杯子表面冒著水珠，男孩手一滑，杯子掉在地上，牛奶灑了一地，而杯子撞到堅硬的地面碎裂了。男孩慌忙跳下椅子，伸手去拿玻璃碎片，右手食指一陣刺痛，仔細一看，手指上出現一個直徑不到五毫米的紅色小血球，圓圓的小球。男孩看血球看得出了神，背後傳來了女人歇斯底里的聲音。

「你又闖禍了！」

是男孩的母親。男孩的肩膀抖動了一下，正打算轉頭時，女人的手已經伸了過來，用力抓著他圓領汗衫的衣領。男孩無法呼吸，拚命咳嗽，用雙手抓著領子前方，但他被踢倒在地，躺在灑落的牛奶上。男孩蜷縮著身體，女人好像踢足球般對著他的背、他的腰猛踢。

「對不起，對不起……」

男孩淚流滿面，泣不成聲，不斷地向女人道歉，但是，女人沒有停止拳打腳踢。

男孩感受著並非來自皮膚，而是身體深處的疼痛思考著：自己為什麼被打？因為杯子掉了，因為打破了杯子，因為打翻了牛奶，因為把地上弄髒了，因為浪費了牛奶，所以被打是應該的。

當他的意識漸漸遠離，已經沒有力氣哭喊時，母親終於停止了。她雙手抱起男孩，把他緊緊地抱在懷裡。

「會痛嗎？」

聽見母親溫柔的聲音問道，男孩無力地點頭，母親眼中的淚水彷彿潰堤般奪眶而出。

「對不起，對不起，小真真，你千萬不要討厭媽媽。小真真，你的手流血了，媽媽心疼的小真真的身體受了傷，媽媽太難過了。媽媽讓小真真感到痛痛不是因為討厭你，因為媽媽是全世界最愛你的人。」

手指上的血早就不見了，但手臂和身上還有前幾天留下的瘀青。母親白皙纖細的手指好像在描繪星座圖般撫摸著一個又一個瘀青，然後告訴他，這都是愛他的證明。

母親讓男孩渾身瘀青，這個行為的理由，就是因為母親愛男孩。

男孩和母親兩人住在窗外只能看到藍天的高樓裡，在男孩懂事時，父親就已經離母親而去了。

如果暴力就是愛，那我情願不要愛。若男孩知道了世界之大，還能夠這麼肯定地對母親說嗎？

男孩上小學後，每天都穿著可以遮住手臂和大腿的衣服，不讓別人看到他身上的瘀青。但是，年輕的男班導師很有正義感，看到男孩夏天也穿長袖，便開始起疑，不經意地捲起男孩的襯衫袖子，發現了那些瘀青。他先向男孩了解情況。

「你這裡紅紅的，是怎麼回事？」

「……不知道。」

男孩用幾乎聽不到的聲音回答。他不是想袒護母親，而是得知其他大人看到自己所承受的行為，會皺著眉頭追問，不禁深受打擊。而且，班導師嘴裡的菸臭味讓他感到極不舒服。班導師繼續追問，他在回答時都把頭轉到一旁。

班導師當天就去男孩家裡進行家庭訪問。男孩躲在走廊後方，偷偷觀察面對面坐在客廳沙發上的母親和班導師。

「真人的手上有瘀青，請問媽媽知道是怎麼一回事嗎？」

「我兒子太活潑了，一不小心就會發現他身上傷痕累累的。還是因為和小朋友玩太瘋了？不過，男孩子身上有一點瘀青什麼的很正常，所以不用大驚小怪。」

母親的裝糊塗讓男孩更受打擊。原來，她知道自己的行為無法大大方方地在別人面前說出來。

「我從來沒有看過真人在學校裡吵鬧或調皮搗蛋。」

「老師，難道你在懷疑我嗎？那就恕我為自己澄清，我是全世界最愛他的人。」

說著，母親對走廊大聲叫道：

「小真真，我知道你在那裡，進來吧！」

她怎麼會知道？男孩戰戰兢兢地走進了客廳。

「來，坐到媽媽這邊來。」

母親從沙發上站起來，對著男孩張開雙手。班導師用認真的眼神輪流看著男孩和他的母親。男孩一步一步靠近，當他剛走進母親伸手可及的範圍，就被她拉進懷裡，緊緊地抱在胸前。

「你看，他是不是過來了？我是全世界最愛他的人。」

母親緊緊抱著男孩，露出滿面得意的笑容，班導師的靈魂似乎被她吸走了。一個月後，男孩在母親身上聞到了和班導師相同的菸臭味。

雖然男孩不喜歡，但他覺得大人都會抽菸，所以沒有多想。當母親身上有菸味後，不再對男孩動粗，也不再對他說「我愛你」。對男孩來說，這段日子宛如置身天堂。

母親身上有菸味的半個月後，她開始肆無忌憚地在男孩面前抽菸。男孩坐在煙霧彌漫的客廳裡，好幾次都被嗆得咳嗽，但仍然勝過渾身的瘀青幾萬倍。

有一天，男孩在學校發現班導師的腰上有一大塊瘀青。上體育課做墊上運動時，老師為了示範倒立動作，馬球衫的下襬翻起來，男孩瞥到了他的瘀青。

就在那一瞬間，男孩察覺到菸臭味和瘀青之間的關聯。原來母親現在愛的是這個男人。

——真可憐。

放完暑假，開學後過了幾天，某個下大雨的日子，上課鈴聲響了之後，班導師仍然沒有出現。由於颱風逼近，老師們正在討論要不要讓學生直接放颱風假。教室內吵吵鬧鬧的，男孩也和其他同學一起玩。他看著滿天的烏雲，暴風雨的預感令他興奮不已。

不一會兒，走進教室的不是班導師，而是教務主任。果然不出所料，教務主任宣佈，因為颱風逼近，氣象局已經發佈了大雨及洪水警報，所以今天放颱風假。風越來越大，雨傘幾乎快被風吹走了。男孩開開心心地回到家，一打開家門，發現颱風已經搶先在家裡過境了。

放在鞋櫃上的花瓶在走廊上摔得粉碎，水和花灑了一地。男孩早上出門時，家裡還整理得井然有序。

「媽媽。」

他對著客廳叫了一聲，沒有人回答。他以為家裡遭了小偷，不敢進家門，也不敢脫鞋子。走廊盡頭的母親臥室門猛然打開，他嚇得倒吸了一口氣。

「原來是小真真。」

是母親。她的一頭長髮凌亂，雙眼紅腫，不知道是否哭過了。

「對哦，你剛才去學校了。今天一大早就接到了奇怪的電話，害我亂了方寸。原來今天是非假日，時間還早。」

男孩完全聽不懂母親在說什麼。

「因為颱風快來了，所以老師叫我們早一點回家。」

聽到「老師」這兩個字，母親張大了紅腫的雙眼。

「是嗎？……老師還說什麼？」

「叫我們不能出去外面。其他班有很多回家作業，我們老師今天請假，教務主任來教室宣佈，所以都沒有功課。」

「鈴木老師請假？為什麼？」

「不知道。」

「教務主任沒有說鈴木老師為什麼請假嗎？」

「沒有。教務主任只說，今天老師請假，所以教務主任來通知大家放颱風假。」

「沒有說他感冒了，或是發生車禍，或者他家裡發生了什麼事嗎？」

「真的沒有說，我聽得很認真。家裡……」

男孩看向走廊。破碎的花瓶後方，時鐘和拖鞋都胡亂丟在地上，母親似乎是隨便抓起什麼就往地上丟。

「別在意，你進去房間。不能因為沒有功課就偷懶，去看書吧！」

母親嚴厲地對男孩說。男孩乖乖地躲在自己的房裡，但是除了教科書以外，他的房間裡沒有任何書。

——你是男生，不能整天躲在房間裡看書，會變得滿嘴歪理。

母親從來不給男孩買書，或許是因為離母親而去的父親熱愛閱讀的關係，但是，男孩從不曾對此感到不滿，因為在其他娛樂方面，他並沒有不如其他人。

他在房間裡打電動、看電視、打瞌睡。他覺得肚子餓了，走出房間，聽到母親臥室裡傳來她的慘叫聲。

「健一，健一，我不能原諒你！」

班導師叫鈴木健一，班上同學都叫他「健一老師」，所以男孩立刻知道那是班導師的名字。這和老師沒來學校有關係嗎？但是，他不敢問母親。

走廊上仍然亂成一團，客廳更加慘不忍睹，根本連站的地方都沒有。他必須跨過好幾座玻璃碎片小山，才能走進廚房。

無奈之下，男孩只能吃從學校帶回來的麵包和牛奶果腹。

當風雨用力打在窗上，颱風的腳步漸近時，母親推開男孩的房門，一手夾著香菸走了進來，冷冷地打量著手拿遊戲機的男孩。

「書看完了嗎？」

「我沒有書。」

「學校不是有圖書室嗎？」

男孩從來沒有去過學校的圖書室，母親也不曾建議他去借書。男孩低下頭默然不語，母親踹他的背。

「既然沒有，媽媽叫你去看書時，你就可以告訴我，為什麼現在才說？好像媽媽錯怪了你。為什麼？為什麼？為什麼連小真真也這樣？你聽不到我說話嗎？」

男孩輕輕搖頭。

「你不愛媽媽嗎？」

他又搖了搖頭。

「那我要留下證據，讓你不要忘了你愛媽媽。」

右手的某一點感到一陣劇痛——母親用菸燙他。皮膚表面燒焦的疼痛頓時貫穿了全身，直達頭頂。他甚至發不出慘叫聲，腦袋深處麻痺了，視野扭曲起來。

班導師和颱風一起離開了學校，學校傳聞四起，說他腦筋出了問題。

母親的愛再度回到男孩身上。即使是暑假，母親也不讓他離家一步，在他全身烙滿了一輩子都無法消失、名為「愛的證明」的烙印。

某天晚上，男孩聞到了奇怪的臭味。

他走出房間，進入傳出異味的客廳，發現母親躺在沙發上睡著了。她的右手無力地垂在沙發下，菸蒂沒有熄滅，掉在短毛的地毯上。男孩看到從菸蒂中爬出了無數橘色小蟲，慢慢把地毯咬得焦黑。

男孩呆呆站在原地看著，橘色蟲子向他的腳下逼近。蟲子越聚越多，小小的顆粒漸漸變成晃動的一團，那團橘色的蟲子吞向沙發，咬住了母親的長裙下襬。

我也會被吃掉。

男孩衝出大門，跑過走廊，沿著大樓的逃生梯往下衝。即使他繞著逃生梯跑了很久，卻始終沒有跑到樓下。他呼吸急促，全身的疤痕從內側開始隱隱作痛。

全身都燒起來了，我會被燒死。

男孩感受到全身都被橘色的蟲子所吞噬，他蹲了下來，閉上眼睛。

當他醒來時，發現自己躺在醫院，得知了母親的死訊。父親來醫院接他，看到男孩短袖睡衣下露出的疤痕，一次又一次地向他道歉說：

「對不起，我不應該把你交給那種女人。」

男孩不清楚母親在自己心目中是怎樣的一個人，但聽到父親說她是「那種女人」，覺得她很可憐。

父親已經再婚，也生了一個小弟弟。新媽媽對男孩比對弟弟更關心，她對弟弟說，因為哥哥是可憐的孩子。

轉入新學校後，為了不讓其他同學看到自己身上的疤痕，男孩一年四季都穿長袖的制服和運動服，也不必上游泳課，因為他是一個可憐的孩子。

可憐的孩子。每當聽到別人這麼說，他就覺得被帶走了以往人生中的愛。

男孩尋找著可以獨處的地方，但是無論走到哪裡，別人都覺得他是可憐的孩子而特別關心他，總有人主動向他打招呼。

父親的獨棟大房子內有一間書房。

只要躲進書房裡，假裝在看書，就不會有人打擾。男孩沒有看過教科書以外的書，打開第一本課外書時，一看到那些文字，他就差點暈了。他一句一句地慢慢看，才終於漸漸習慣。

時光倒轉，把他帶入了另一個世界。他樂在其中，在讀中學之前，經常向學校的圖書室借科幻和奇幻作品閱讀。有一天，他提早看完了借來的書，決定從書房的書架上找一本來看。

谷崎潤一郎。《痴人之愛》、《春琴抄》、《鍵》，都是「可憐的男人」被充滿魔性的女人玩弄於股掌的故事。他在看每一本書時，「愛」這個字就浮現於他的腦海。

母親帶給他美其名為愛的行為，在現實世界中，只能博取同情，讓人覺得是「可憐的孩子」，但用優美的文章寫在紙上，是不是能成為愛？

我才不是可憐的孩子。我要讓那些說我是「可憐孩子」的人看我寫的故事，讓他們知道，母親和我之間曾經有愛。

我要向他們證明，無論做出任何行為，都可以用愛做為理由。

*

即使如實地記錄事實，充其量只是悲慘的故事。但是，人生的意義在於把現實昇華為文學的境界。當我領悟到了這一點，頓時覺得手邊寫了將近二十頁的稿紙全是廢紙。

用電腦寫的內容，可以在轉眼之間就刪除。手寫稿雖然能揉成一團丟進垃圾桶裡或撕成碎片，卻無法在轉眼之間消除寫的痕跡。乾脆點火燒了吧！

如果，火可以燒掉一切——

假設在現實世界縱火，就會犯下滔天大罪，即使是為愛縱火也不例外。就算縱火的理由是因為愛，也不能抹滅犯罪的事實；就算施暴的理由是因為愛，也不能抹滅犯罪的事實；就算瘋狂的理由是因為愛，也不能抹滅犯罪的事實——因為會被人認為是愚蠢的行為而遭到輕視、遭到咒罵，甚至連曾有的愛也遭到否定。

然而，在文學的世界裡，這一切都可以視為真正的愛。

想要在過去的人生中尋找愛，只要把事實昇華到文學的境界就好。必須將事實加以修飾，才能變成文學。即使自認為是愛的故事而提筆創作，如果讀者無法從中感受到愛，就代表故事中、現實中並不存在「愛」這種東西。只有受到他人的肯定，才能證明愛確實存在。

我曾經這麼告訴自己無數年。

雖然我進了大學，但我不去學校，也不去打工，關在舊公寓的房間裡，拚命寫故事。

有一天，我突然靈機一動，女人因為被男人拋棄而虐待男孩，可以把男孩比擬成鳥。在這個封閉的愛的世界中，只有鳥、女人和男人。故事彷彿泉水溢出般浮現在一片漆黑的腦袋中，我寫小說已經有三年了，卻第一次有這樣的感覺。

我終於可以接受自己的過去了。完成之後，這樣的感覺油然而生。那部作品就是〈灼熱鳥〉。

夏季的某個雨天傍晚，一個女人抱著膝坐在鄰居家門口。不知道是沒帶傘，還是廉價公寓的屋簷無法遮風避雨，女人的幾縷長髮滴著雨水，貼在臉頰上，宛如流下的眼淚。

我們互看了一眼，我情不自禁地停下了腳步，卻找不到理由向她搭訕，就直接走進家裡。不一會兒，當我拉開窗簾時往外一看，發現那個女人仍然坐在原地。雨下得越來越大了。

當我走出門時，女人主動問我：

「我來找希美，不曉得希美平時幾點回家？」

她的聲音很柔弱，幾乎被打在廉價鐵皮屋簷的雨聲所淹沒了。女人補充說：「我忘了帶手機。」

我告訴女人，「希美」應該去打工了，天黑之前可能不會回來，問她要不要進屋坐一下？當時我對她完全沒有非分之想，只是不希望看到杉下的訪客變得更加狼狽而已。

她很警戒地走進我的房間，我遞給她一條浴巾，幫她泡了一杯熱咖啡，她的情緒才漸漸平靜下來。

「你和希美熟不熟？」

我告訴她，之前因為颱風的關係，我和「希美」，還有之前住在樓上的安藤變成了朋友，三個人偶爾會一起喝酒。

「原來你也認識安藤。」

那個女人也認識安藤，她似乎終於放鬆了戒心，開始打量我的房間，找到了幾樣東西，露出意味深長的笑容。

「你們是男女朋友嗎？」

「妳說呢？」

我笑著敷衍道。但聽到她這麼問，我就曉得她和杉下並沒有很熟，因為就連我也知道杉下有一個深愛的人，他們之間達到了「極致的愛」的境界。

一定是冰箱上海豚圖案的馬克杯和草莓圖案的筷子讓她有這種想法。我家裡有幾件別人的餐具，都是使用者自己帶來的，但海豚圖案的馬克杯不是杉下的，而是安藤的。

他們是我在現實世界裡僅有的兩個朋友——不，也許我是透過「希美」和「望」，與現實世界保持連結。不，還有另外一個人，就是房東野原爺爺。也就是說，「野原莊」是我唯一的現實世界。

雖然是我主動邀她進屋的，但她是素昧平生的女人，也許我剛才太輕率了，可是既然已經邀她進門，總不能再把她趕出去。

「啊，這個！」

女人伸手從書架上拿下貝殼，她注視著淡粉色的螺旋捲貝，用指尖撫摸，然後放在耳邊。

原本有兩個貝殼的，其中一個在收到的幾天後長了蟲，所以我就丟掉了。

送我貝殼的那兩個人雖然來自不同的地方，但從小都在小島上長大，他們每天與大海為伍，大海成了他們日常生活的一部分。他們說，把貝殼放在耳邊，就可以聽到海浪的聲音。我照他們的方法做了，卻沒有聽到任何聲音。他們說要更用力，硬是用力把貝殼壓在我耳邊，我聽到耳朵深處傳來嗡嗡嗡的聲音，但那是血液流動的聲音。難道他們以為那是海浪聲嗎？還是因為他們和大海一起長大，認為血液和海浪聲都在體內流動，所以是同一件事？因為我生活在和大海無緣的世界，所以無法理解？

我生活在只能看到天空的四方形空間裡。

我篤定地說，根本聽不到海浪聲，他們又建議我把貝殼放在枕邊睡覺。

——搞不好會夢見一個美如天仙的美女。安藤，對不對？

——只在夢境中現身的美女嗎？西崎，那真是太好了，你可以用這個主題創作一本小說。

這種話出自這兩個很現實的人口中，顯得格格不入，但由此可見，他們的沖繩之旅很愉快。

那個女人把別人充滿回憶的貝殼放在耳邊，靜靜地流著淚。她聽到什麼聲音了嗎？是海浪的聲音？這個聲音所喚醒的記憶，讓她在陌生人家裡流淚？

「早知道就不給她了……」

女人喃喃說道。

「這個貝殼是我送給希美的。」

聽到她這句話，我終於知道了她的身分。她是杉下和安藤在沖繩旅行時遇到的野口貴弘的太太，我忘了她叫什麼名字。

「充滿回憶的貝殼會在這裡，代表你對希美來說是很重要的人。既然她已經有你這麼棒的男朋友，為什麼還會做那種事？」

那種事——是指保護「野原莊」的計畫嗎？杉下是為了這個目的才和安藤一起去沖繩旅行的，就是為了結識和「野原莊」一樣，不願答應土地被收購的「綠大樓」房東之子野口先生。原本我覺得現實不可能像小說一樣，一切都按計畫進行，但還是抱著姑且一試的心情，沒想到杉下帶回來的成果出乎意料。

之後，杉下寫信給野口先生，和他商量了土地收購問題。那封信是我幫她構思的。

我將貝殼放在耳邊，聽著石垣島海浪的聲音，回想起認識野口先生的愉快夏日——我記得開頭是這樣寫的。

杉下說野口先生告訴她，「綠大樓」不打算出售，而且在東京都的新地鐵計畫出爐後，也有可能會找其他地方推出這個建案。我們去向野原爺爺報告後，三個人還舉杯慶祝，至今差不多已經有半年了。

「我知道希美想要追求什麼，我也知道她追求的東西很無趣，但是，我羨慕希美，羨慕她有想要追求的東西。話說回來，我並不希望自己變成希美——太卑鄙了。」

「她……希美想追求什麼？」

雖然我只是跟著那個女人這麼叫，但如果杉下知道我直呼她的名字，一定會很生氣。不，她應該不會在意這種事，我們在這種問題上彼此了解。杉下想要追求的是——

「獨立生存的能力。」那個女人說。

沒想到初次見面的女人一語道出了我漸漸感受到的想法。

「她想進入大公司，賺很多錢，如果她會想要買一些漂亮衣服，或許還不失女人味，其實她最看不起靠男人生存的女人，她看不起我。即使我帶她去漂亮的店，雖然她會露出高興的表情，但她的眼睛不會笑。她和我老公下將棋時，一眼就可以看出她發自內心地樂在其中。」

「因為她喜歡將棋，雖然她曾經說了好幾次要教我，但我都提不起勁。」

「她沒有說要教我。我有一次說：『既然這麼好玩，那我也來學吧！』她說：『奈央子，妳根本不需要將棋。』對她來說，將棋是籠絡男人的手段。最好的證明就是她以將棋為藉口，偷偷地和我老公見面。」

「那是……」

我是不是該把杉下找野口先生討論收購土地的事告訴她？但如果說了，她就會知道他們參加和野口先生相同的公益團體以及去沖繩旅行，都是事先安排好的計畫。

對杉下來說，將棋是手段——我原本以為那是鄉下地方為數不多的娛樂，但聽到那個女人提到「手段」兩個字，就覺得用來形容杉下和將棋的關係，實在太貼切了。

「我老公最討厭輸，既然如此，一開始就不要比賽，但或許是天生的個性，他總是喜歡和別人競爭。明明是我們兩個人去旅行，看到一起參加潛水的年輕人在下將棋，就根本忘記了我的存在。」

「就算杉下不教妳，妳也可以請妳老公教妳下將棋啊！」

「不可能，因為他不和女人比賽。」

「所以他根本不會理希美啊！」

「對啊！他每次都和安藤比賽，但希美總是站在高處看他們下棋，還不時調侃安藤。」

「我知道，他們在這裡下棋時也一樣，他們兩個人好像兄妹。」

「嗯，對啊。一開始，我還以為他們是情侶，卻完全沒有那種曖昧的情愫，讓我覺得很不可思議。如果他們是情侶，我也不會懷疑希美了，即使現在知道有你，仍然無法消除我對希美的疑慮。他們之間一定有鬼。」

「可能是商量找工作的事，更何況只要妳老公不理她，不就沒問題了嗎？」

「但是她還寫信給我老公，我只瞥到一眼，上面寫著把貝殼放在耳邊，就會想起野口先生。」

是為了土地的事所寫的那封信。她根本不必在這裡發這些牢騷，直接問她老公：「信上寫什麼？」她老公應該會一五一十地告訴她。

「是不是為旅行的事寫的道謝信？妳要不要回去問妳老公？」

「不行！」

女人突然發出歇斯底里的聲音。

「只要我稍微懷疑他，他一定不會原諒我。」

「希美和安藤都說妳老公很體貼，很會照顧別人。」

「那是對別人，但是對我……你看。」

女人稍微翻開長袖洋裝的袖子，我立刻看到了瘀青。

「只有我才能看清他的不滿、他內心的真實情感，我也知道不是我的錯，但我必須承受。比方說，即使在石垣島和安藤下棋輸的時候也一樣。」

「他打妳？」

「有時候會踢我，有時候會用其他東西，看他當時的心情。」

「妳有沒有尋求別人的幫助？」

「你不要誤會，這是愛的證明。我是他的唯一，他也是我的唯一。雖然有時候疼痛難忍，痛不欲生，我曾經想要逃離，但我絕對不能讓別的女人取代我。希美絕對無法忍受這一切。我今天來這裡，就是想這麼告訴她……我還送了禮物給她。平常我們去逛街時，她總是心不在焉，但上次去古董店時，她目不轉睛地看著梳妝台，所以……」

「那不是愛。」

「我就買了送給她……」

「我不是說杉下，我是說妳。他為了發洩內心的不滿而對妳施暴，這怎麼可能是愛？妳只是放棄逃離妳丈夫，放棄抵抗，把暴力當作是愛在自我安慰而已。」

「你懂什麼？」

「我當然懂──我以前就是這樣，不，現在也一樣。」

我把〈灼熱鳥〉的稿子遞給一個小時前才見面的女人。

一滴水珠掉落在稿子上，那是女人的眼淚。

「鳥是你嗎？」

我默默點頭。和母親一起生活的男孩以為一旦被母親拋棄，就會無法活下去。每次被母親用菸蒂燙，他都告訴自己，這是生存的儀式。

故事中把引發「生存儀式」的原因集中在吃飯這一件事上，但其實考試的分數、拿筷子的方式也都是原因，只是不具有文學性罷了。

為了生存而被火灼燒的鳥；認定自己是鳥，才能接受這些行為的男孩；用愛美化愚蠢行為，虐待男孩的女人；逃離女人魔爪的男人。雖然我認為已經充分表達了，但沒有人能理解我的文學、我的人生。

這個世界上，只有那個白皙皮膚上留下瘀青的女人流下了眼淚，而且，女人相信那是愛的證明。我讓女人看了我從未給任何人看過的疤痕，那是比女人的瘀青更醜、一輩子都無法消除的疤痕。

「你也和我一樣。是誰這麼愛你？」

那是愛我嗎？

「——我母親。」

「原來她那麼愛你。」

女人捧著我的手臂，親吻其中一個疤痕，冰冷又柔軟的嘴唇吸走了熱量，似乎漸漸撫平了傷疤。女人親吻著每一個疤痕，嘴唇抽離之後，又再度吸了起來，我漸漸發現我受到了如此的深愛。

真希望我身上有更多的疤痕。

母親果然是愛我的，比這個世界上任何人都愛我。當出現肯定這種疤痕的第三者時，我才能強烈地意會到，這就是愛。

這才是極致的愛。

「妳說妳叫什麼名字？」

「奈央子。」

我也親吻了奈央子身上的每一塊瘀青。

我的人生在文學之中。這個世界已經被充分洗腦，對脫離常軌的事物感到憂心，認為平凡才是幸福，在這樣的世界裡，根本沒有我容身之處，只有文學才能體現命運所安排的戲劇化人生。至於在現實世界中的生活，即使住在早就該淘汰的廉價公寓裡、完全不和外界接觸，只要能夠坐在稿紙前振筆疾書就可以了。

我的人生被熊熊大火燒盡了，如果可以將之昇華為文學，就了無遺憾了。

——我始終這麼認為。在那個颱風天之前，我始終這麼相信。

門縫滲入了泥水，不到半個小時，水位就上升了三十公分，榻榻米泡水恐怕只是時間的問題。為了躲避泥水，我走出屋外，走上二樓的樓梯，看到隔壁鄰居站在那裡。

杉下希美。

這棟公寓每層樓都有四個房間，房東住在一樓最裡面那間，其他七個房間住的都是學生，但彼此之間沒有往來，只有房東爺爺不時來問我要怎麼寫交給區公所的資料，或是他想買電視購物頻道的高樹剪，不知道怎麼訂購。

一開始，我想叫他去問別人，但後來發現住在這棟破公寓的人除了白天上學以外，其他時間從早到晚都在打工，白天只有我在家，所以我欣然幫他處理了大部分的事情。搬來我隔壁的女大學生似乎也經常出入房東爺爺家。

聽房東爺爺說，她的個性很不錯，經常會送菜給他吃。

「西崎，你有機會也可以嚐嚐希美做的菜，很好吃。而且，我覺得你們很像，應該很合得來。」

聽了房東這番話，我開始對「希美」產生了好奇，當看到她靠在二樓階梯的扶手上時，決定主動向她打招呼。這時，二樓一號室的住戶走出來，問我們要不要去他家躲雨。

安藤望。

我從來沒想過要去別人家，也不想讓別人來我家，但滂沱的雨勢讓我改變了主意。

我們邊喝酒、吃菜，邊閒聊著。希美和望兩個人的名字發音相同，也都是在從來沒聽過名字的小島長大，他們對故鄉有種帶著自虐般的驕傲，就像似乎飄散著海浪聲音及海水味道那樣地淳樸。他們故鄉的人口數以及建築物的高度，讓人忍不住懷疑數量單位是不是不同。

島上的人口只有幾千人。聽說目前受歡迎的藝人在巨蛋球場舉行的音樂會一晚就超過五萬人時，我還以為他們數錯了幾個零。島上最高的山比東京鐵塔更低。

沒想到他們來到東京後，仍然覺得目前身處的世界很狹小，想要見識更大、更寬廣的世界。

無論站得多麼高、多麼遠，現實世界的每個角落都大同小異。我聽他們聊天時，暗自這麼想道，這時，電視上剛好開始播放「細雪」這部老片。令人驚訝的是，他們兩人都沒看過谷崎潤一郎的作品。於是，我終於了解，因為他們不了解文學的世界，所以才會在現實世界中有所追求。

不知道他們看了〈灼熱鳥〉後，有什麼感想？

也許他們會了解，無論再怎麼掙扎，現實都不可能達到文學的境界。

沒想到，結果令人失望。安藤全盤否定了故事中愛的行為。杉下雖然提及了「愛」這個字眼，但並沒有表示肯定，她甚至斷言，極致的愛就是「分擔犯罪」。

我完全無法理解為什麼房東爺爺說我和杉下很像。杉下和安藤才很像。

差不多在那個時間，不動產業者經常去找房東爺爺，要求收購這棟公寓的土地。房東爺爺來找我商量該怎麼拒絕對方，我卻在心裡想，能夠住在有專人照顧的豪宅不是更好嗎？

「如果無法保護這裡，我的人生也完了。」

聽到房東爺爺這麼說，我才發現，這棟野原莊內，有一個只有他才了解的世界。無數現實逐漸累積，在房東爺爺的內心昇華，對他來說，公寓就是他的文學作品。既然如此，我願意助他一臂之力。

但是，實際行動的是杉下，如果沒有她，不可能保護這棟公寓。看到她在現實世界中成功地完成了不切實際的計畫，我覺得她和安藤也許已經到達了超越文學世界的現實。

我終於了解到，躲在狹小公寓的斗室內，即使一整天都面對稿紙，也無法將現實昇華為文學，而且出現在我周圍的，都是根本不值得昇華的現實。

母親對我的行為並不是愛，真正的愛應該不需要修飾、昇華，在任何人眼中，都知道那是愛。

如果和杉下、安藤相處，我能夠接受過去的自己是「可憐的孩子」這件事嗎？我能夠以此為基礎，在現實世界中尋找到真正的愛嗎？

當安藤踏上旅程，走向遼闊的世界，而杉下也踏上旅程後，我是否可以跟上他們的腳步？到時候，希望我可以隨時回到這個地方。

颱風之夜後累積了兩年的想法，在遇到奈央子的那一刻，立刻被打得支離破碎。

遇見奈央子的翌日晚上，我去了杉下家裡。在安藤搬走之後，我也很少見到杉下。她家裡唯一的變化，就是多了一張雕刻了百合花的梳妝台。

桌上放著她剛做好的洋芋沙拉。

以前，她的冰箱裡總是放滿裝在保鮮盒裡的食物，安藤搬走之後，冰箱裡的食物大為減少了。我原本以為她是特地做給安藤吃的，但安藤並不是大胃王。可能是她在老家的島上有很多家人，習慣做一大鍋，花了三年的時間終於發現不需要一次煮那麼多。

我打開了自備的瓶裝白葡萄酒。

「杉下，妳最近和野口先生還有聯絡嗎？」

「有時候。」

「土地的事已經快搞定了，妳是不是該和他保持距離，以免被他發現妳是為這個目的接近他？」

「但是，我已經成為野口先生的智囊，做為他提供土地相關消息的回報。」

「智囊？妳能當什麼智囊？」

「將棋的。雖說我是智囊，但他最近都和安藤下棋，而且因為我最近很忙，有時候沒時間見面，就在電話中搞定，沒什麼大不了。」

原本希望杉下遠離野口先生，消除奈央子的不安，但如果杉下拒絕當野口先生的智囊，他和安藤對戰時就會輸棋，到時候又會把奈央子打得遍體鱗傷。雖然奈央子認為那是愛的證明，但我不忍心看到她白皙的肌膚上再留下新的傷痕。

話說回來，如果要借助他人，而且是借助比自己年輕的女大學生之力才能贏，就不要找人比賽，搞不好輸棋之後痛打奈央子也是他的消遣之一。果真如此的話，更不能讓他輸。

「但是安藤和上司下棋時，應該也會手下留情吧！他既然立志去更高、更遠的世界，就應該讓上司臉上有光啊！」

「你覺得安藤會故意輸嗎？」

「——不覺得。」

安藤太耿直了，不可能做這種事。

「安藤知道妳在野口先生背後下指導棋嗎？」

「他怎麼可能知道？野口先生是安藤心目中的理想上司，他整天都在稱讚野口先生、野口先生。如果他知道他的理想上司在背後向我請教，一定會很失望，或許還會在野口先生面前說一些看不起他的話。到時候，吃虧的還不是安藤？所以我絕對不會講，西崎，你也要守口如瓶。」

「不必擔心，我和安藤完全沒有聯絡。」

「他跑外務來到附近時，或許會來這裡走一走。如果安藤惹惱了野口先生，野原莊的前途也岌岌可危。」

「對。但是，妳最好還是少跟野口先生聯絡，如果妳和野口先生偷偷聯絡的事被安藤發現了，不是會很麻煩嗎？」

「對哦！我會小心。」

我巧妙地說服了杉下。我打開冰箱，打算看看有沒有其他下酒菜。

「杉下，妳最近打算閉關嗎？」

冰箱裡放滿了保鮮盒，甚至超過了以前的規模。以往她每次做這麼多菜時，都會分送到我們家裡或叫我們自己來拿。難道她打算一個人吃完嗎？

「因為剛好在特價，不小心買太多了。你喜歡吃的話就拿去吧！」

杉下蹲在冰箱前，拿出幾個保鮮盒放在桌上。

「現在不用拿那麼多出來。好久沒有和妳聊天了，我們慢慢喝吧！我想到了創作的新點子，妳聽聽看。」

「是嗎？那先放這裡。」

杉下拿起疊在一起的保鮮盒，放在梳妝台上。

「妳放在那裡，萬一湯汁漏出來怎麼辦？」

「沒關係，反正這不是什麼重要的東西。」

「但這是妳家看起來最貴的。」

「這是野口太太擅自送給我的，又不是我生日。」

「是不是妳們一起去逛街時，妳露出一副很想要的眼神？」

「我才不要那種東西，不過，當時可能真的多看了幾眼。」

鏡中的杉下臉上頓時變得面無表情，但隨即恢復了原本的樣子。

「這個梳妝台會不會太重，把地板壓壞了？如果這棟公寓倒了，真不知道我們之前在辛苦什麼，搞不好這就是野口家的目的。也許他們已經決定要賣『綠大樓』，但想裝好人，覺得只要把這裡的房子弄壞，房東也只好放棄，所以特地送這麼重的梳妝台給我。」

「妳想太多了，妳的想像力真豐富。」

「那我就憑著這分想像力聽聽你的新作品構思。」

「就是妳之前從沖繩帶回來送我的那個貝殼的故事。一位美麗的女神，出現在一個無法生存於現實世界的男人面前。」

「這不是我們告訴你的嗎？你要寫成奇幻小說嗎？」

「是文學。」

「聽起來就像沒什麼希望得獎，那就先辦一個安慰會好了。」

杉下打開冰箱，拿出罐裝的發泡酒。

桌上放了六個空罐子。我已經酒足飯飽，舒服地躺著，杉下也躺在我身旁。

「安藤已經搬走了，只剩下我們兩個人。妳會不會覺得我越看越帥？」

「如果我的個性沒有那麼負面，應該會喜歡你。」

「妳很負面？那我呢？」

「你也很負面。」

「我不認為妳負面。就算妳很負面，負負相乘得正，不是剛好嗎？」

「這句話像以前少女漫畫的台詞，你該不會在你的投稿作品裡寫這種話吧？況且，什麼叫負負相乘？上床嗎？我向來認為人和人之間的關係只能用加法和減法計算，有些人會扯後腿，有些人會帶你往高處走。」

用這個理論來說，杉下算是對我有正面幫助的人。她應該不知道什麼是真正的負面，只有真正負面的人才知道，負面的人彼此互舔傷口，就可以轉負為正。

「果然要安藤出馬才行。」

「我不需要任何人，負面人必須靠自己努力，走到零點。」

「靠自己的力量擺脫負面，太厲害了。」

「——不，有人把我從最糟糕的狀態中拯救出來了。我無法當面對他說出『快來救我』，只能按四下自動鉛筆。」

「那個人現在在哪裡？」

「不知道，希望他幸福快樂。」

我看著留著污漬的天花板，杉下握住了我的手。

「我很高興終於守住了野原莊，西崎——你就是你。」

杉下應該看完了〈灼熱鳥〉，也察覺我就是那隻鳥。她一定覺得我是一隻可憐的鳥，才會握著我的手。如果沒有遇見奈央子，即使明知道她伸出的手不是愛，而是同情，我也捨不得放手。

但是，我已經遇見了奈央子。

和奈央子見面時，每次都是她找我。不知道是否為了避開杉下，她每次都約我在遠離公寓的地方見面。每次她找我，身上都添了新傷。

野口打她的原因，並不是因為和安藤下將棋輸了，而是工作上遇到了挫折。我終於了解，以前以為只要杉下夠努力，奈央子就可以遠離皮肉之苦，現在才知道我太天真了。暴力的原因可以五花八門。

拿筷子的姿勢不對；蔬菜剩著沒吃——和我母親一樣。

「他比我更痛苦。」

奈央子每次都淚流滿面地給我看她的新傷。我親吻她的傷痕，奈央子也親吻我的舊傷，除此以外，我們並沒有任何踰矩的行為。雖然我渴求她的身體，但奈央子並不願意。

她唯一的願望，就是野口繼續愛她。如同我曾經害怕母親一旦拋棄我，我就無法生存一樣，她也害怕野口拋棄她。

只要她幸福，我已別無所求。

秋意漸深時，奈央子突然斷絕了聯絡。

她沒有找我，代表她身上未添新傷。雖然我該為她感到高興，但我渴望見到她，想到快要發瘋了。我回想著和她見面時的情景，把貝殼放在耳邊。雖然聽不到海浪的聲音，卻似乎可以聽見她在親吻我身上舊傷時的呼吸聲。

如果我把貝殼敲碎吃下去，她的呼吸聲會只屬於我嗎？

電視上播報了已經決定建造新地鐵的新聞，房屋仲介也立刻不再上門要求向房東爺爺收購房子。

杉下可能已經沒有理由和野口來往，奈央子可能也過著平靜的生活。在看到地鐵新聞的那陣子，也時常聽到安藤和野口工作的那家公司的名字。據說那家公司因為開發油田的事業失敗，造成了極大損失。如果野口和這個案子有關，我很擔心奈央子，不知道她會受多大的苦，但我專為奈央子而買的那隻手機始終沒響。

夏天時，杉下終於獲得某家大型建商公司的內定，上個月去參加了內定儀式。她在深夜和清晨去辦公大樓打掃的同時，針對動線規劃、空調配置、室內設計以及照明的印象，總結完成一份報告，交出去後，受到了很大的肯定，令人不得不對她刮目相看。

她在清洗弄髒的工作服時告訴我，她還會繼續打工，因為要籌錢買去參加同學會的衣服，和之後上班穿的套裝。

幾個月後，杉下就會搬離這裡了。

寫完這篇作品，如果無法通過第一次審核，我打算試著外出工作——曾幾何時，我開始有了這種想法。

年關將近的某天晚上，安藤來公寓找我們。杉下說，他們一起去了野口家。像往常一樣，吃了幾口下酒菜後，杉下和安藤打開將棋盤，我在他們旁邊喝著酒，彼此聊著近況。

「安藤，你們公司上新聞了。」

「是不是油田開發事業？安藤，你是不是也稍微參與了這個案子？」

「才不是稍微而已，我也是這個專案的成員之一，所以這次真的很慘。」

「既然很慘，你還敢在這裡悠哉。」

「現在已經搞定了，不過，一定有人會被踢去國外。」

「安藤，你也會嗎？」

杉下抬起頭，停下了手。安藤仍然看著棋盤。

「誰知道？搞不好明年這個時候，我已經被踢到那種國旗甚至不可能出現在兒童套餐上的國家。」

「會由野口先生決定人事調動嗎？」

「人事命令會由更高層的人決定，但他的意見很關鍵。不過，他現在可能沒空理會別人的人事問題。」

「奈央子發生了那種事。」

聽到他們說去了野口家，我就很在意，沒想到突然提到奈央子的名字，我立刻慌了神，不小心把杯子弄倒了。「那種事」是指什麼事？杉下拿來毛巾擦桌子。

「不好意思……那個人不是你們去沖繩旅行時認識的人嗎？剛好和你同一家公司，沒想到你們還有來往。」

安藤不知道土地的事，所以我假裝在聽他們旅行回來聊天時，聽過野口的名字。

「對啊！安藤和野口先生同一個部門，我和他太太奈央子有時會一起去逛街或吃飯。」

杉下回答。他們在同一個部門，就代表野口也和油田開發事業有關嗎？和進公司才一年的安藤相比，以野口的職位應該需要負起更大的責任，奈央子沒問題吧？

「對了，杉下，之前聽妳說，這個梳妝台也是她送妳的。」

安藤抬起頭。

「這個？我剛才就覺得和妳家格格不入，是奈央子送妳的嗎？」

「對。」

「應該超貴的吧？為什麼她對妳特別好？」

「我也不知道。」

——雖然有時候疼痛難忍，痛不欲生，我曾經想要逃離，但我絕對不能讓別的女人取代我。希美絕對無法忍受這一切。我今天來這裡，就是想這麼告訴她……我還送了禮物給她。

那天，奈央子沒見到杉下就離開了。

「不對勁哦！妳該不會是奈央子外遇的幫兇吧？如果她說和妳見面，野口先生應該不會起疑。」

「我怎麼可能做這種事？奈央子外遇是怎麼回事？」

「嗯，該怎麼說呢？是傳聞，傳聞啦——對了，這盤棋我可能會贏哦！」

杉下坐在將棋盤前，「啊」地叫了一聲。

「等一下，這個棋局……」

杉下自言自語著閉上眼睛，抱著手臂。奈央子外遇傳聞的對象是我嗎？雖然我很想知道答案，但如果問得太詳細，反而可能被懷疑。一定要假裝不經意，不經意。

「外遇？你們之前不是說野口夫婦很恩愛嗎？」

「對啊！那只是傳聞而已。聽說對方是個長相很英俊的男人，我聽到別人這麼說時，第一個想到你的臉。」

安藤嘻皮笑臉地看著我。

「饒了我吧！我生活在遠離是非的世界，比起那對陌生的夫妻，你們之間怎麼樣？安藤，我絕對不會留你住在我家，你們小倆口自己解決吧！」

「即使你的房間完全聽得到這裡的聲音？杉下，怎麼辦？」

「——可能不行。」

杉下看著將棋盤小聲說道。

「西崎，真遺憾，希美滿腦子都是將棋的事。即使你豎起耳朵，恐怕也只能聽到無聊的對話。」

我根本沒那個心情。

「杉下，妳沒辦法贏我嗎？」

「可能沒辦法。」

「不要這麼輕易放棄，一定有反敗為勝的方法。」

「喂，西崎，你為什麼站在杉下那一邊？只要我發揮實力，就可以這麼厲害。」

「——對，那你們兩個人都好好發揮實力吧！」

我確認他們兩人都專心下棋後，回到了自己房裡。

不到五分鐘，似乎就決定了勝負。薄薄牆壁的另一端傳來安藤得意的笑聲和杉下說「真不甘心」的聲音，但她的語氣似乎並沒有不甘心。對杉下而言，如果比賽不是帶有某種目的的手段，即使輸了也無所謂。

安藤和野口下一次下棋時，野口會輸給安藤，然後會向奈央子施暴，發洩心中的不滿。奈央子會再來找我，確認那種行為是愛嗎？

我到底在期待什麼？

我躺在牆邊，希望會聽到杉下跟安藤討論野口和奈央子的事。

——奈央子居然流產了，好可憐，不過有野口先生陪她，應該沒問題。感覺上，野口先生好像隨時都會保護她，每次看到野口先生，都可以感受到他深愛著奈央子。雖然奈央子很可憐，但也很讓人羨慕。

——他應該很愛奈央子吧！

——但是，你剛才說她有外遇。

——只是傳聞而已……

安藤似乎不想多聊，但杉下苦苦逼問。我也把耳朵貼在牆上。

——夏天的時候，有人見到她和看起來比她小的男生牽手走在街上，聽說還有人看到他們進了旅館。奈央子結婚前在我們公司當櫃檯小姐，所以幾乎所有人都認識她。再加上聽說對方很英俊，大家都很好奇，所以事情一下子就傳開了。

——英俊的男人，聽起來好像西崎。

——我剛聽到時，也想到了他，但西崎和奈央子完全沒有交集。還是說，奈央子有來過這裡？

——她來過一次。之前，我說我住在野原莊，她說這名字真好聽，她好想參觀一下，我就帶她來了。

——看到房子和名字落差這麼大，她一定大吃一驚吧！

——她一臉錯愕地打量過之後，說像「大草原上的小房子」，好棒，可能是讓她產生了「拓荒」的感覺吧！

——因為這裡只有最低限度的必需品。當時她有遇見西崎嗎？

——不，他們沒有遇到。

——那就不可能是西崎。

——對啊，對啊！因為說那個人很英俊，就想到了西崎，可是帥哥滿街都是。

——對了，妳對門鏈有什麼看法？

——老實說，我有點嚇到了。

——搞不好野口先生囚禁奈央子不是因為流產的關係，而是聽到了傳聞。如果傳聞和流產都屬實，不知道奈央子懷的到底是誰的孩子。她真的是跌倒而流產的嗎？因為野口先生沒有妳想像的那麼優秀……

我很想立刻衝到隔壁，進一步詳細追問。奈央子被囚禁？原因是流產？到底是怎麼回事？奈央子並不是因為沒有遭到家暴，所以才沒有和我聯絡，而是已經太慘了，根本無法和我聯絡嗎？

剛才聽他們提到門鏈，如果她遭到囚禁，根本無法來這裡向我求助。電話、簡訊……這麼晚和她聯絡，即使不是外遇對象，也會引起懷疑。不，如果遭到囚禁，一定會最先斷絕對外的聯絡方式。我該怎麼辦？

要不要告訴杉下跟安藤關於我和奈央子的事，和他們商量對策？他們好像在懷疑我可能就是那個外遇對象，所以應該很快就能了解狀況。但安藤不知道土地的事，到底該告訴他多少？

先找杉下商量。

翌日下午，確認安藤離開後，我去杉下家找她。

「請妳告訴我奈央子的事。」

杉下滿臉錯愕。

「果然是你。可是你們是什麼時候認識的？」

我把在某個夏天傍晚遇見奈央子的事告訴了杉下。我沒有提起奈央子來找杉下的真正原因，只說她剛好來這附近。

「我完全不知道野口先生對奈央子家暴。」

「妳在懷疑我嗎？」

「不是，看到那條門鏈，讓我覺得野口先生搞不好會做這種事。但你為了安慰她，就和她交往也太乘人之危了。話說回來，外遇在文學的世界是家常便飯。」

「我不希望妳這麼說。現在奈央子的情況怎麼樣？」

「她好像變了一個人。聽說她流產了，所以身體狀況不是很理想，但她的雙眼無神，有時候會突然淚流滿面，搞不好她在精神上受到的打擊更大。」

「看到她這種狀況，你們卻什麼也沒有做就回來了嗎？」

「我本來就很討厭奈央子。」

「就算妳討厭她，也可以救她。她送妳這麼漂亮的梳妝台，妳居然這麼薄情寡義。還是妳喜歡她老公？妳打算趁奈央子受到打擊的時候，籠絡她老公吧？」

「開什麼玩笑。我最討厭自作主張地送梳妝台到別人家裡的女人，我也很討厭野口先生那種驕傲自大的人。那種夫妻出問題根本是活該，我已經受夠了，不想再幫崩潰的人了。為什麼我要去幫別人？如果遇到痛苦，可以找方法逃避現實啊！」

「杉下，妳沒事吧？」

「我說了什麼不該說的話嗎？如果你想幫奈央子，你自己想辦法就好。也許家暴的事已經有一段時間了，但流產的事或許和你有關。野口先生可能以為奈央子懷了外遇對象的孩子。」

「我們之間才不是這種關係。」

「但你們見面是事實啊！野口先生會在那麼高級的門上裝那種廉價的門鏈，是因為他想到了，就馬上付諸行動，想要立刻解決，怎麼可能細問有沒有逾越最後的防線？」

「都怪我嗎？」

「我不知道，反正和我無關。」

杉下說完，背對著我走向廚房的流理台。她用雙手從腳下的紙箱裡捧出一大堆馬鈴薯，在流水下用力沖洗、削皮、切塊，然後從冰箱拿出好幾盒肉，用菜刀切塊，又把胡蘿蔔和洋蔥切塊。最後，從流理台下方的櫃子裡拿出一個大雙把鍋，放在瓦斯爐上，滴了幾滴油——點了火。

如果她想趕我走，只要說一句話就好，誰知道她居然開始做菜。原本的好鄰居彷彿突然變成陌生人，我轉身離開了她家。

無論我再怎麼深愛著奈央子，如果不付諸行動，就無法營救她。我獨自在三坪大的房間內過新年時，即使再怎麼為她的幸福祈禱，也只是自我安慰。到頭來，我仍然是「可憐的孩子」，至今仍然沒有長大。

當我打開每年新年都從來不曾收到賀卡的信箱時，發現裡面有一個厚實的牛皮紙信封，那是我訂閱的文學雜誌《白樺》最新一期。我記得這個月會刊登白樺文學獎的初審結果，便當場打開信封，翻閱起來。

上面有我的名字——通過了第一次審核。在兩千名投稿者中，有一百個人通過初審。標題：「貝殼」。記錄我對奈央子感情的故事，正逐漸昇華為文學。

我立刻走去房東爺爺家，給他看了雜誌，並問他杉下什麼時候回東京。

他說，今晚就會回來。

我有足夠的時間整理自己的情緒。

杉下按了我的門鈴。

「上次不好意思。」

她遞上土產酒的盒子。她沒有理由向我道歉。今朝有酒今朝醉，於是，我邀杉下進了屋。

「回老家好玩嗎？聽房東爺爺說，這是妳來東京後第一次回老家。」

「嗯，我回去參加同學會。」

「是嗎？那太好了。」

我從來沒有參加過什麼同學會。先不管這些，我要說的事更重要。我默默地把《白樺》遞給杉下。不知道是否因為看了好幾次的關係，立刻就翻到了那一頁。

「上面印了你的名字。太厲害了！〈貝殼〉就是你上次說的故事吧？已經通過第一次審核了，恭喜你。」

她沒有調侃我，而是向我道賀。我再次發現這件事只能拜託杉下，於是向她開了口。

「杉下，我要救奈央子。我終於了解到，我離不開她，卻沒有自信可以一個人完成。」

杉下闔上《白樺》，放在我面前。

「你打算怎麼救奈央子？」

「先把她帶到安全的地方。」

「那和現在有什麼不同？」

「她一直身處扭曲的空間，會漸漸無法了解是哪裡扭曲了。必須遠離原來的地方，才能明白這種扭曲，到時候如果她想回去，也可以再回去。」

「如果只是這樣，或許可以想想辦法。」

她的回答出乎我意料。

「妳願意協助我嗎？」

杉下打開酒盒，拿出一瓶寫著「青景島」標籤的藍色瓶子，從冰箱上拿了兩個杯子，放入冰塊後，靜靜地倒了酒，把其中一杯酒放在我面前。

「如果能讓在這裡相遇的可憐女孩與王子的夢幻故事繼續延續下去的話。」

雖然她的話語焉不詳，但只要她願意幫忙，其他的都無所謂。我們乾了杯。

「那要怎麼做？」

「你知道有一家叫『夏堤耶．廣田』的餐廳嗎？是一家很難預約的著名法國餐廳，王子在那裡打工。」

「我對那種地方沒興趣。」

「那裡是奈央子和野口先生充滿回憶的地方。」

「然後呢？」

「那裡專為貴賓提供外送服務，王子主要負責外送工作。我向野口先生和奈央子提議，可以預約那家充滿回憶的餐廳到府外送服務，為奈央子打氣。到時候，你可以藉機混進來。」

「能做到嗎？」
「事在人為。」
「妳到時候會在哪裡？」
「應該會和他們一起吃飯，我想安藤應該也會在。」
「我一個人帶奈央子離開嗎？」
「至少我不會帶她離開。而且，我絕對不希望野口先生知道我和安藤也提供了協助。」
「妳說要我混進外送服務，要怎麼做？」
「拜託王子啊！他一定會想辦法。最近他會來我家，我再向他確認能不能預約外送服務，如果可行的話，我們再一起拜託他。但是，不要說得太嚴重，他心地善良，一旦失敗了，會很沮喪，要營造一種失敗是當然、成功是僥倖的氛圍。」
「沒問題嗎？」
「我們不是靠這種方法保住了野原莊嗎？」
聽她這麼說，我覺得這次應該也會成功。
既然杉下把幫手比喻成王子，那麼乾脆把奈央子比喻成公主，野口比喻成壞國王，設計一齣像是在校慶時演戲的劇本。不可思議的是，我也覺得自己好像在參與一個很有趣的活動。

第一次見到王子的五天後，奈央子打電話給我。她在和野口一起出門吃飯時，找機會從公用電話向我求助。

「真人，你一定要幫我。下個週末，希美會來我家吃飯，會和我老公在書房下將棋，我希望你來把人帶走。我現在臨時想到，我假裝請名叫『真紀子花坊』的花店在傍晚六點送紅玫瑰來，你上門時就假裝是花店的人，那就拜託了。」

杉下已經向野口提議吃飯的事，並預約了外送服務，飯前會在書房與野口下將棋。她一步一步推動了計畫。

王子雖然意興闌珊，但還是答應幫忙。

接下來，就要看我的表現。

一月二十二日。這一天是執行計畫的日子，五點三十分，花店門口大排長龍，我沒想到居然有這麼多人買花。我很想推開那個不顧身後排了好幾個客人，仍然猶豫不知該買哪一種花的客人，衝到最前面，要求把整桶紅玫瑰都買回家，但即使在這裡心浮氣躁也無濟於事。終於買到花時，手錶已經指向六點零五分。

到奈央子所住的那棟大廈時，已經六點二十五分了。過了約定的時間，奈央子或許坐立難安。我在櫃檯登記後，走向電梯大廳。電梯剛好上去了，我在等電梯時覺得快等不及了。

——這時，安藤走了進來。

安藤不是應該晚一點才會到嗎？如果他和我一起進門，即使杉下挽留，野口也會從書房裡走出來。要是我打算在此之前把奈央子帶走，安藤也會阻止我。

我一邊和安藤聊天，努力不引起他的懷疑，一邊暗自盤算著。

乾脆把計畫告訴他？能不能設法把安藤引開，暫時遠離野口家？電梯下樓後，安藤和我一起走進去時，他按了頂樓的按鈕。原來在約定時間之前，他要去酒吧。我內心鬆了一口氣，按下四十八樓的按鈕。

「實在太巧了。是杉下訂的花嗎？」

「不，是野口太太，因為一些奇妙的緣分。對了，安藤，我發現一件重大的事。以前杉下曾經說過，極致的愛就是分擔犯罪，原來確有其事。你等一下也會見到那個人，那個人很不錯，敬請期待吧！」

為了分散他的注意力，我故意這麼告訴他。安藤在酒吧時，一定滿腦子都是杉下的事。

我在四十八樓和安藤分手後，走向野口家。

如杉下之前所說，厚實的大門上裝了一條廉價門鏈，顯得格格不入。我按了門鈴，傳來奈央子的聲音。

「我是『真紀子花坊』，來送你們訂的花。」

不是野口的聲音，讓我鬆了一口氣，但隔著對講機，奈央子的聲音聽起來也很柔弱，我頓時心慌意亂。門打開了，站在我面前的奈央子孱弱無比，彷彿瘦了一大圈。她滿臉憔悴，雙眼無神，似乎費了很大的勁才終於站在那裡。她伸手抓住了我的手。

「你幫幫我。」

「我知道，我們走吧！」

我把花丟在玄關，拉著奈央子的手臂，但是她站在原地不動，而且比我想像中更有力。

「不是這樣的。是裡面，她在裡面。」

奈央子拉著我的手臂走進屋裡，門關上了。

「怎麼回事？」

「她和我老公兩個人單獨在書房裡。新年過後，他們一直偷偷聯絡。我們明明請她和安藤兩個人來家裡吃飯，但我老公叫她提早來家裡。拜託你，你不是她的男朋友嗎？你帶她離開，你帶著她離開，叫她再也不要來我們家。」

「我才不是她的男朋友。」

「你騙我嗎？我以為你是她男朋友，會幫我說服她，所以才對你這麼好，還幫你舔那麼噁心的傷痕。」

幫你舔那麼噁心的傷痕——

「喂，你們在幹嘛？」

走廊深處傳來聲音，一個高大的男人走了過來。他就是野口嗎？我剛意識到這件事，他已經一拳打上我的左臉。我一個踉蹌，背撞到了門。那個男人一把抓住我的胸口，揮起拳頭。

「就是你在誘惑奈央子吧！是你害死了我的孩子。」

「不是，我們不是、這種關係……」

「閉嘴，如果沒有你，我根本不可能懷疑奈央子。」

難道他聽到奈央子外遇的傳聞，沒有察覺奈央子懷孕，比平時打得更兇狠，導致奈央子流產了嗎？他真會推卸責任。我必須趕快離開這裡。我反手握住門把，把門推開，沒想到聽見「咔答」一聲，是廉價的金屬聲。

我的背貼著門，左側太陽穴又中了一拳。在昏昏沉沉的意識中，我拿起剛才丟在腳下的玫瑰花束打向男人的臉，趁他愣了一下時繞向屋內，走進敞開著門的第一個房間。

奈央子臉色蒼白地站在走廊上看著我，杉下出現在走廊深處。

我衝進那個房間，想找可以保護自己的東西，隨即拿起裡面廚房桌上的菜刀。但是，眼前我無法離開這裡，到底該怎麼辦？我能夠拖延到安藤或成瀨到達嗎？

男人衝了進來，我們分別站在餐桌兩側，我舉起刀子，但他把桌子推了過來，我重心不穩，他把刀子搶了過去。我絕對沒命了。

「住手！」

杉下叫了起來。我看到她站在男人背後，高舉著一個銀花瓶。花瓶滾落到我的旁邊，男人同時發出呻吟倒在地上。

奈央子站在那裡，她一隻手拿著銀燭台，呆呆地注視著倒地的男人。燭台上沾滿血跡，男人的後腦勺也流著相同顏色的血。

「為什麼……？」

杉下搖搖晃晃地站了起來，拿起桌上摺好的餐巾，坐在男人身旁。

「不要碰他！」

奈央子一把推開杉下。

「不許妳碰他！他只屬於我，我不許妳碰他一根手指。趕快滾出去，趕快！你也一樣！」

「快走！」

「你也一樣」這句話是對我說的，但是，我不能讓奈央子一個人留在這裡。

「西崎，我們走吧！」

奈央子搶過男人手上的菜刀，把刀尖指向我。

杉下觀察著奈央子，拉著我的手。我站了起來，看著奈央子，但奈央子的眼神徹底否定了我。她手上的刀子仍然對著我。

「奈央子，妳不要激動。他對妳家暴，妳誤把暴力當成了愛。」

「西崎，你是白費口舌。」

「奈央子，他還讓妳流產，妳太可憐了。妳只是想要解脫，妳想要自由。妳剛才救了我。」

「——我是為我自己，在她搶走貴弘之前，我要占為己有。拜託你們，讓我們獨處吧！」

「西崎，我們走吧！」

杉下推著我。我們在門口停下了腳步。

「我們走不出去。」

「什麼意思？」

「外面用門鏈鎖起來了。」

「誰鎖的？」

「不知道。」

「應該不是安藤吧？」

她的表情快哭出來了。她也知道安藤已經到了嗎？

「安藤怎麼可能做這種事？因為這個門鏈太奇怪了，可能是鄰居的小孩惡作劇。總之，只能向人求救或是等有人上門，否則我們無法離開這裡。」

「奈央子！」

杉下一回頭，慘叫一聲。奈央子躺在男人身旁，側腹上插著刀。

「全都怪我。」

杉下嘀咕道。

「如果我按原計畫把野口先生留在書房，就不會發生這種事了。而且，如果我不舉起花瓶……我並不是想打野口先生，我只是想打破什麼貴重的東西，分散他的注意力。」

「不，是我的錯。早知道我應該假裝離開，奈央子知道我們走不出去，才會用刀子刺自己。」

我並不是完全無法預測。我並不想救奈央子，如同我沒有叫醒漸漸被橘色蟲子吞噬的母親。雖然奈央子手上拿著刀，但要抱住纖瘦的她應該易如反掌。

噁心的傷痕。我早就知道，那根本不是愛。

「杉下，剛才打野口的是我，野口要拿刀殺奈央子，我失手打死了他。」

我撿起掉在男人腳邊那個沾滿鮮血的燭台，雙手緊緊握了一下，然後放回原地。

「你在說什麼？是奈央子殺了野口先生，然後她自殺的。你為什麼要撒這種謊？」

「我不想讓奈央子變成殺人兇手。」

「但你也沒必要為她扛罪啊！」

「我曾經見死不救，我以為她是這個世界上最愛我、我也最愛她的人。為了讓她的愛變成永恆，我見死不救——我為了這麼告訴自己，試圖假裝我和她之間曾經有愛。」

「但是，那個人和奈央子沒有關係。」

「我希望償還後，從扭曲的愛中得到解脫……奈央子因為愛野口，才會殺了他。」

「也許是因為你現在受到打擊，所以才會這麼以為。」

「即使如此，殺人動機仍然是愛。『愛』這麼高貴的字眼，不可以成為奪走別人性命的理由。如果我是兇手，殺人動機就變成了復仇。」

門旁牆上的對講機電話響了。是櫃檯打來的，說外送的人到了。

「取消。」

我掛上電話。

「杉下，妳就說妳什麼都沒看到，一直在裡面的書房，只有野口先生一個人走出來。妳是在所有這一切結束之後才走出來的，所以，妳也不知道門被門鏈鎖上了。」

「我沒有自信能瞞得過去。」

「妳說的極致的愛，不是分擔犯罪嗎？野原爺爺說我們兩個人很像，雖然我們之間沒有愛，但請妳和我分擔犯罪。」

電話又響了。

「王子來救我們了。杉下，妳去接。」

我把電話交給杉下。

——十年後——

以前，我想要站在高處俯瞰的到底是什麼？

案發之後，我踏入了社會，與西崎、野口夫妻彷彿從來不曾有過交集。我帶著想要購買高樓層華廈的客人參觀，嘴上說著一成不變的台詞：「這裡的視野很棒。」心裡暗想：那又怎麼樣？

我追求的並不是這裡，而是有人牽著我的手帶我去的地方——也許只是這樣而已。

案發當天，我故意告訴原本應該把他留在書房裡的野口先生，奈央子的外遇對象現在正打算帶她離開。

一切都是為了能夠把我帶向高處的安藤望。

當我慢慢移動棋子，朝贏棋的方向走棋時，野口先生說出了令人難以置信的話：

「安藤注定要去鳥不生蛋的地方。」

他用戲謔的口吻大剌剌地告訴我，他們用五盤棋賭安藤的去向。因為我成為野口先生的智囊，所以安藤會被踢去偏僻的國家。我絕對不能讓這樣的事發生。

只要讓野口先生動手打西崎幾拳，讓西崎用傷害罪控告他，就可以阻止這種情況發生——

如果當時我沒有那麼做……我曾經無數次為此感到後悔，但後來聽到安藤以主管的身分，被派去兒童餐上的國旗也會出現的國家時，我發自內心地覺得自己做對了。

如果告訴西崎這件事，他會原諒我嗎？但我相信他也有事瞞我，只是不知道是為了奈央子，還是為了安藤，抑或是為了我。總之，他不是為了自己，而是為了別人。

房東爺爺仍然為西崎留著他在野原莊的房間。他現在已經回到那裡了嗎？我希望他已經擺脫了對火的恐懼，因為他正是為此，主動跳入了懲罰的火焰之中。

曾經因為一場火而拯救了我的成瀨，在老家的海岸附近開了一家餐廳，弟弟去了一次之後，告訴了他我生病的事。身體硬朗的父親安排我住在可以看到大海、宛如白色城堡的病房內，成瀨不時會來看我。

他問我有沒有想要他為我做什麼事，我差點說「想要知道命案的真相」，但最後還是把話吞了下去。

我請他做些美味佳餚，但並不是為了我。

是為了帶給我人生無限愛的那些人——為了N。

有罪！無罪！究竟由誰來決定？
補償，又到底要做到什麼程度才夠？

しょくざい

贖罪

湊佳苗

「在追捕時效期滿前，妳們去找出兇手來！
如果做不到，就得補償到我滿意為止！」

現在回想起來，真正改變了我們命運的，並非英未理之死，而是十多年來深深釘進我們心裡的這句話，以及英未理媽媽當時歇斯底里、咬牙切齒的神情。

不，或許早在英未理跟著她爸媽從東京搬來我們這個「全國空氣最乾淨的小鎮」時，一切便已起了轉變。或許像芭比娃娃般精緻的她，和我們這些在鄉下土生土長的野孩子根本不應該玩在一起。又或許那天，是我們四個人在什麼時候做錯了什麼，所以她才會死？或許，我們才是真正害死英未理的兇手！

眼看兇手的追捕時效就快到了，是不是因為我們記不起那個男人的樣子，才一直捉不到他？這些年來，這個念頭就像無形的緊箍咒，緊緊地圈住了我們！我們到底該怎麼做，才能夠補償？如果說，我們身上的罪，用四段活著的人生來贖，這樣夠不夠？……

原以為安全的校園裡，發生了一件駭人的命案！身為目擊證人的四個女孩背負了一輩子的內疚，從此步上殊途同歸的悲劇之路。然而，面對無辜死去的小女孩，有罪的是誰？該為此贖罪的又是誰？誰有權利理直氣壯地丟出石頭報復？而為了彌補「還好不是我」的罪惡感，又必須付出多少倖存的人生？
繼《告白》之後，日本「書店大獎」得主湊佳苗再度以獨特的輪述手法，透過當事人的不同視角，一層層剝開所謂「罪」的真相，也是我們每一個人內心深處最真實的人性掙扎！

國家圖書館出版品預行編目資料

為了N / 湊佳苗著；王蘊潔譯. -- 初版. -- 臺北市：皇冠, 2011. 10[民100].
面; 公分. --(皇冠叢書; 第4147種) (大賞; 050)
譯自：Nのために
ISBN 978-957-33-2841-4(平裝)

861.57　　　　100017580

皇冠叢書第4147種
大賞｜050

爲了N
Nのために

作　　者—湊佳苗
譯　　者—王蘊潔
發 行 人—平雲
出版發行—皇冠文化出版有限公司
台北市敦化北路120巷50號
電話◎02-27168888
郵撥帳號◎15261516號
皇冠出版社(香港)有限公司
香港上環文咸東街50號寶恒商業中心
23樓2301-3室
電話◎2529-1778　傳真◎2527-0904
外文編輯—黃釋慧
美術設計—程郁婷
行銷企劃—李邠如
印　　務—林佳燕
校　　對—鮑秀珍・洪正鳳・丁慧瑋
著作完成日期—2010年
初版一刷日期—2010年10月
初版十刷日期—2018年03月
法律顧問—王惠光律師

讀者服務傳真專線◎02-27150507
電腦編號◎506050
ISBN◎978-957-33-2841-4
Printed in Taiwan
本書定價◎新台幣260元/港幣87元